白い結婚を求め、離縁を求められる妻ですが、既に家にはおりません。 1

登場人物紹介
ベルトマス
ヴェント子爵を継いだ、エレクトラの兄。
エレン
偽名を名乗って教会に潜入したエレクトラ本人。治療士、シスター。
リシャール
騎士。ファーマソン公爵家の騎士団に所属していた実力者だが、その卓越した腕前を妬んだ騎士団長に怪我を負わされた。
エレクトラ
元はヴェント子爵家の令嬢だったが、政略結婚によってカールソン男爵夫人となる。夫ハリードとの離縁後はエレンという偽名を名乗り、教会に潜入する。

???
ハリードとリヴィアの
結婚式に参列した
貴婦人。
ジャック
ファーマソン公爵。
リヴィアの父。
偽エレクトラ
侍従長が連れてき
た役者。真意不明
の謎多き人物。
ハリード
エレクトラの元夫。戦場で
命の危機を救ってくれたリ
ヴィアに惚れてしまい、エレ
クトラに離縁を求めた。
リヴィア
ハリードと恋仲になった
教会の治療士、僧兵。

目次

プロローグ～白い結婚を求める妻～

「申し訳ございません、ハリード様。――私、白い結婚を求めます」

結婚初夜。カールソン男爵家の屋敷、その屋敷にある夫婦の寝室で。

新妻となったエレクトラは夫となった男、ハリード・カールソン男爵にそう告げた。

初夜に妻が求めるには衝撃的な言葉だ。

だが、そうしたエレクトラの表情には悲愴《ひそう》感や憎しみといった感情は見られない。

ごく自然な、日常会話のような態度で彼女は白い結婚を求めたのだ。

対するハリードはすぐに言葉の意味を呑《の》み込めず、呆然《ぼうぜん》とした表情を浮かべるしかなかった。

「……白い結婚だと？　なぜだ。一体、何を言っている？　エレクトラ。お前、正気なのか？」

「はい、ハリード様。ですが、白い結婚というのは『一時的なもの』です」

「一時的、だと？」

「ええ。私が一時的な白い結婚を求めた理由は二つあります。聞いていただけますか？」

「……ああ、話せ」

「ハリード様は明日、出兵されますよね」

「……そうだな」

「理由の一つ目は、ハリード様が無事に、ご帰還出来るようにと願う『願掛け』です」

「……願掛け？」

「ええ、実は『騎士の妻』の間では、そういった願掛けがあるのです。命懸けの職務ですからね。妻としては戦場に出る旦那の安否こそが最も気になるところですので願掛けをしたいと」

ハリードは新妻の不穏な提案で高まった緊張感から、一気に拍子抜けした気持ちになった。

確かに明日、騎士である自分は新妻であるエレクトラを家に置いて、戦場に向かう。

戦場というのは他国との戦争ではなく、湧き出した魔獣の群れとの戦いだった。

「戦場に出る前の騎士とはあえて交わらず、帰ってきてから交わる。そうすることで騎士の『生存欲求』が上がり、無事に生還出来るのだ、とのことです」

「……迷信じゃないのか？　理屈は分からなくもないが……」

「それは、そうかもしれません。ですが試せることは試しておきたいのです。ハリード様が無事に戻られますように、と。ですから、どうか残される者に希望をお与えくださいませ」

「……なるほど」

男としては切って捨てたくなるような要求だ。だが、この要求の根本は、戦場に出る己の無事の生還を願うもの。そのような願いを己の欲望だけで無下にするのは、あまりに体面が悪い。

どこの誰か知らないが余計な迷信を広めてくれたものだとハリードは舌打ちしたくなる。

目の前にいる妻エレクトラは、そんな迷信を信じる女だったのかとハリードは思った。

彼女が、そんな風に考えるのだということも彼は知らなかったのだ。

結婚する前、エレクトラはヴェント子爵家の娘だった。

ヴェント子爵家特有の、水色のウェーブ掛かった長い髪と、水色の瞳を持つ女性だ。

ヴェント子爵領は、カールソン男爵領とは隣の領地になる。隣り合う領地に生まれ、年齢の近いエレクトラたちは、自然の成り行きで婚約することになった。当然、政略による婚約である。

ヴェント子爵家には他にエレクトラの兄が居て、彼女の兄が子爵位を継ぐ。

二つの領地は、王都からは馬車で四日程度の距離にあり、どちらも広くはない領地だ。

隣り合う領地の橋渡し役としての婚約だが、大きな事業提携などはなく、領地の安定を求めての政略だった。領地が近いため、エレクトラとハリードも互いの顔を見掛けたことはあるがそこまで親密な付き合いはなかった。あっても家同士の交流程度だ。

結婚を間近に控えた際の話し合いが最も二人の交流が深かった時になるだろう。

それでも諍《いさか》い合うような関係ではなく二人は問題なく結婚するはずだった。

だが、あろうことか結婚式を間近に控えた頃。辺境で魔獣が大量に湧いたと一報が入った。

騎士として参じろと王家から命令が下され、ハリードを含む多くの騎士たちが魔獣の湧いた辺境へと動員されることになった。

ハリードが出兵する準備に使える時間の猶予はあまり与えられなかった。

そこで二人はその準備時間を捻出するため、結婚式を取り止めた。結婚式を挙げるために使うはずだった時間を出兵の準備に使うことにしたのだ。そうした事情で教会での誓いのキスもなく神父に立ち会われての書類を確認するばかりの入籍をした。二人は結婚式を挙げないまま書類上の夫婦となり、結婚初夜を迎えることになった。エレクトラが言ったようにハリードは結婚翌日の明日、戦場へ赴く予定である。そこでエレクトラが要求したのが白い結婚だ。ロクな結婚式も挙げられなかったことに女性であるエレクトラが不満を持ったとしてもおかしくはない状況だった。

だが、もしそれが白い結婚の理由ならば『面倒くさい』という苛立《いらだ》ちもハリードは感じていた。

「……理由は二つあると言ったな。もう一つの理由はなんだ？」

「はい、ハリード様。それは『不貞を疑われないため』です」

「……不貞、だと？」

ハリードの表情は一気に険しくなる。

「どういうことだ」

「ハリード様は今、まだ気持ちに余裕がおありかと思います。ですが戦場から帰った後では、そうはいきませんでしょう？」

「……まぁ、それはな」

「はい、そこでです。例えばですが今日、私たちが初夜をこなしますと、それが一度とて、やはり子を孕《はら》む可能性は大いにあります」

「それの何がいけない？　俺たちはそのために結婚したのだぞ」

「もちろん悪くはありません。というよりも私とて、このような状況でもなければ、こんな提案は致しませんでした。結婚したのですから今夜に貴方《あなた》と交わる覚悟は以前より持っておりましたとも。でなければ今日ここに私はおりません」

「……それもそうか」

こんな状況。つまりハリードが明日、戦場へ向かい家を不在にするような状況でなければ。

「で、不貞とは？」

「それはハリード様のお気持ちの問題でございます」

「俺の気持ちだと？」

「はい。ハリード様はおそらくですが戦場帰りで荒《すさ》んだ心を抱えて戻られることでしょう。どれほどの期間に及ぶかは分かりません。すぐに帰ってこられるのならば文句もありません。ですが戦いが長引いた時が恐ろしく思います」

エレクトラはまっすぐにハリードを見つめている。そこには何かを疑わせるような素振りなどまるでなかった。

「初夜の一度で子を孕んだ場合、そして魔獣との戦いが長引いた場合。ハリード様は私の膨らむ腹も、生まれてから大きく育っていく赤子の姿も目にすることが叶《かな》わなくなります。男親は自らの身体《からだ》でないからこそ、そうした妻の目に見える変化をこそ目にすることで己が父親なのだと自覚すると聞きました。初夜で子供を授かった場合、今の私たちの状況では戦場から戻られたハリード様にあらぬ疑念を生んでしまうと危惧しています」

「あらぬ疑念とは？」

「それは私が不貞をしたのではないかという疑念です。なにせ長く離れた妻ですから。いくら監視をつけようとも、それはハリード様ご自身の目ではありません。荒んだ心で一度お疑いになれば、その疑念は解決のしようがなくなるでしょう。生まれた子供が貴方に似ていれば良いのですが私に似ていた場合、ハリード様のお心を解決する術《すべ》が私にはありません」

ハリードはエレクトラの言葉を受けて想像する。

魔獣との戦いが一年以上に長引けばエレクトラが今言った状況になり得るだろう。己の子供が己の知らぬ間に生まれている状況だ。妻の腹が膨らむところすら見られない。そして生まれてから、小さな身体が大きくなっていく姿もだ。そんな状況で一度でも妻の不貞を疑ってしまえば……。

「きっとそういった状況でハリード様がお疑いになられても、私は信じていただくより他にありません。確かに貴方の子であって不貞など犯していなかったとしても、です」

「……そうかもしれないが、しかし」

「はい、考え過ぎかもしれません。ですが、この不安を解消する方法があります。それはハリード様が無事にご帰還された後。そこで『初めて』私を抱いてくだされば良いのです。そうしていただければ、まず私への不貞の疑いはなくなるでしょう。貴方の居ない間になどと不可能となります。なにせ、そのような不埒《ふらち》なことを私がしたら絶対に貴方にはバレてしまいますから」

「……なる、ほど？」

「ええ、ですから初夜はハリード様が無事にご帰還されてから。今夜の私たちが交わらなかったことは使用人たちにも周知しておきましょう。そうすれば、どんな言い訳をすることも出来ません。間男なぞ発生しようがないのです。私は絶対にハリード様以外には抱かれていない、と。その証明になります。もちろん今の私は清い身体ですから」

ハリードは己の欲望と将来の懸念材料を天秤にかけて……彼女の要求を呑むことにした。

初夜で交わらないまま、ハリードは戦場へと向かうことにしたのだ。


翌朝になり、身支度を整え終えたハリードをエレクトラと使用人たちが見送りに出る。

「いってらっしゃいませ、ハリード様。どうか無事に戻られますよう、私たちは願っております」

「ああ、エレクトラ。行ってくる」

背を向けて馬に乗って出立する騎士である夫の姿。

その背中を見送りながらエレクトラはハリードの無事を祈る。彼に死んで欲しくなどない。

その気持ちだけは純粋な気持ちなのだと、そう自身に言い聞かせながら。

「――どうか、ご無事で。ハリード様」

抱え込んだ『本当の不安』を口には出さずエレクトラは、ただそう願うのだった。

一章　エレクトラの見た夢

ハリードと結婚してカールソン男爵夫人となったエレクトラ。結婚した翌日に夫は戦場へ向かってしまった。そのことについて彼は何も悪くない。王命による騎士の召集と派遣だ。従わない選択肢などしがない男爵にあるワケがないのだから。結婚式が流れてしまい、誓いのキスすらなかった、なんとも寂しい結婚であったがそれだって仕方のないことだった。なにせエレクトラたちの暮らすランス王国は国難に見舞われていたのだから。

西側の辺境伯グランドラ家の領地が面しているのは国境ではなく森だ。そこで湧き始めたらしい大量の魔獣の被害は深刻なものだという。援軍の派遣は一刻を争うものだった。そのため辺境への派遣の王命は騎士爵を持つほとんどの者に下された。

国全体に被害が及びかねない緊急事態であるが故に動ける者から速やかに辺境へ向かうように命は下った。武具や馬など必要なものは各々で準備して可能な限り迅速な出兵が望まれたのだ。

悠長な準備期間などなかったのも当然だろう。そうしている間に国が滅びては、と。ハリードは領主の立場にあったが同時に騎士爵も有している。彼の父から男爵を継ぐまでは騎士としての活動もしていた。そのため、領主ではあるが今回の王命を受ける立場となったのだ。

エレクトラと結婚が間近だったことも領主である彼が出兵を余儀なくされた理由なのだろう。

不定期間、領主不在となる男爵領はヴェント子爵令嬢であった彼女が担えるはずだ、と。もしもの際には隣領に彼女の実家となるヴェント子爵家もあり支援は受けられるはずだとも。また言ってしまえばカールソン男爵領は他領と比べて小さな領地だ。そうであるが故に、小さな領地を守ることよりも一人でも多くの騎士を迅速に動員することが優先された。

ハリードたち以外にもそうして負担を背負うことになった者や関係者は多くいるはずだ。

そうした状況のため、ハリードの出兵を遅らせてまで結婚式を挙げることは出来なかった。

無理にでも結婚式を優先していれば他の貴族家に注目され、非難されることになっただろう。

本当ならば昨日、二人は結ばれる……肌を重ねる予定だった。初夜だったのだから。それがどうして白い結婚なんて求めたのか。直前になって初夜を拒否して、よく夫を納得させられたものだとエレクトラは苦笑いする。エレクトラとて今回の結婚に至る流れに思うところは多々あっても覚悟はしていた。だから、その行為に多少の恐れはあっても事を為《な》す気でいたのだ。だが……。

「……あの夢は何だったのかしら」

エレクトラは結婚する前に何度か嫌な『夢』を見るようになった。

ハリードに辺境への出兵の王命が下ってからだ。彼女が夢を見始めたのは結婚式を挙げるはずだった予定日の二週間ほど前からのことになる。夢の内容は、戦場から帰還したハリードが隣に別の女性を連れている姿だった。そして彼から離縁を申し出られる光景だ。

……ありえない不安が、ただ夢に出ただけ。マリッジブルーというものだったのかもしれない。

ただ妙にリアルでまた鮮明な夢だった。ハリードの横に居た女性はエレクトラが一度も見たことがない人物だったのも何か予感めいたものを感じてしまう。

なぜ見たこともない女性の姿をはっきりと夢に見たのか。アレは予知夢だったのか。或いはまた別の……？　エレクトラはその夢をただの夢に過ぎないと切って捨てることが出来なかった。

何度か同じ夢を見たためだ。夢の中でハリードが話す言葉には僅かに異なる点があるものの変わらないのは彼の隣に女性が立っていること。そして自身が離縁を突きつけられることだ。

だからといって夢の内容そのままをハリードや周囲に伝えてもどうなるものでもない。きっとエレクトラが心配されるか呆《あき》れられるかというところだろう。エレクトラが感じている焦燥感や疑念を共有出来るとは思えなかった。苦肉の策としてエレクトラは白い結婚を提案してハリードと身体の関係を持つことを避けたのだった。

「……可愛《かわい》らしい女性だったわね」

夢の中での記憶だ。どうも申し訳なさそうにエレクトラを見ていたのだが……。ハリードに対しては愛《いと》おしげな視線を向けていた。状況から考えるに戦場に出たハリードが彼女と出会い、そこで意気投合して愛し合った。そして帰ってきたハリードが彼女と結ばれるためにエレクトラに離縁を突きつけた、と。

「……そういう状況に見えたのだけど」

しかし、夫が向かったのは魔獣が蔓延《はびこ》る戦場である。そこで彼女と出会うのだろうか？　確かに戦場には治療系の魔法を使う者たちも派遣される。主に教会預かりの僧兵たち。治療魔法が使える治療士たちだ。騎士よりもずっと女性の数は多いだろう。彼女は、その中の一人なのだろうか？

「あれは夢よ。……分かっている。でも、あれがただの夢ではなかったら？」

夫であるハリードは少なくとも無事に家に帰っては来るらしい。

記憶の限り彼は五体満足だった。それは良い『予知』であるのだが。

「どれぐらい先のことなのかな？」

夢の中の彼が戦場帰りなのは間違いない。見る限りハリードも年は重ねていなかった。であれば数年以内のことか。夢の中の自分に子供が居たかは分からない。だが、もし未来で自身が離縁を突きつけられるならば清い身体であった方が良いはずだ。エレクトラは頭から離れない夢の内容に大いに悩まされる日々を送った。それでも、とにかく男爵夫人として瑕疵《かし》のない振る舞いを心掛ける。夫の不貞で離縁されるなら被害者だが、自らの至らなさを責められての離縁だったら目も当てられない。家に夫が居ない妻として余計な疑いを持たれぬように常に侍女を伴うことにした。

今この屋敷を切り盛りするのはエレクトラの役目だ。あまり考えたくはないものの離縁される可能性も念頭に入れつつ、きちんと男爵夫人としての仕事をこなしていこうとエレクトラは決めた。あとは戦場から来る報《しら》せを待ちながらハリードの無事を祈りつつ、今後のことを考えていく。エレクトラは、さっそく屋敷での仕事を始めるのだった。

領地を出たハリードはグランドラ辺境伯領に辿《たど》り着《つ》き、辺境の騎士団に合流する。

魔獣の大量発生は深刻な事態だった。初動は辺境伯家の騎士団が抑えたものの、現れた魔獣の数が多過ぎたのだ。なんとか持ち堪《こた》えつつ民を守りながら後退し、近隣の家門からも援助を受けて、窮地を凌いで。報せを聞いた中央からの援軍を待って魔獣の群れを大きく押し返す作戦。

これが上手《うま》くいけば状況は良くなるが、失敗すれば悲惨なことになるだろう。ハリードを含めた援軍の騎士たちはこの押し返し作戦に参加することになった。グランドラ領の森に近い街は大量の魔獣たちによる侵攻を何度か受けた様子だ。建物や壁など建造物が倒壊し、木々が倒れている。既に鎮火しているが火事もあったようだ。街の住人たちは森から離れるように避難し、おそらく人の居ない廃墟となりかけたのだろう。魔獣の溢《あふ》れた森に近い街は一度捨て、代わりにそれより中央側に防衛ラインを引いた様子だ。援軍を受け入れることで防衛ラインを押し進め、ハリードが到着した頃にどうにか街を取り戻したようだ。

ハリードは取り戻したばかりの街に来て、その状況を目の当たりにした。

そして合流した他の騎士たちと共に早々に魔獣と対峙することになる。

「大きな狼《おおかみ》、そして蛇か……」

陣形を整えた上でならばまだ狼の相手は出来るだろう。しかし蛇は厄介だ。こちらの陣形をするりと抜けてしまう。またどちらも森の中に入り込まれると一気に討伐が難しくなった。

初戦を生き残り、他の騎士たちと交代して休憩を取りながら戦う。連日連夜、魔獣との戦いは続いた。まずは防衛線の死守で手一杯だった。しかし多くの援軍を得たことで休息を取ることが出来た辺境伯家の騎士団も気力を取り戻した。加えて教会からの僧兵団も到着し、多くの負傷者が救われることになる。

そして戦いを続け、騎士たちは民の生活圏から魔獣を追い出し、森へと押し返すことに成功した。

ここから更に防壁の建造も視野に入れ、物量で対処していくことになる。

「森へ深入りしての追い討ちではなく、防壁の建造か……」

「そうらしいぜ。木を切り倒しながら進軍するって案もあるらしいけどな」

魔獣の殲滅《せんめつ》が出来ればいいのだがそれは現実的ではないらしい。また森に入り込むとこちら側の戦況が不利になってしまう。戦力が減ればまた同じことの繰り返しだ。そのため防壁を新たに建造し、こちらに有利な戦場を築き上げるのだという。

「……時間が掛かる戦略を取ったものだな」

それらを辺境伯家の騎士団のみでやれるならばいい。だが、実際は他の地から多くの人材を派遣した上でのことだ。もちろん同じ国に住む以上は重大な問題であるのだが。

「ハリードは結婚したばかりなんだったか」

「ああ、結婚した翌日に来た」

「それは色々と酷《ひど》いな。早く妻の下に帰りたいだろう」

「そうだな……」

ハリードとエレクトラは白い結婚だった。こうして戦場に出て、今のところ大きな怪我《けが》は負っていないが……。やはり初夜ぐらいは済ませてからが良かったのではないか、と思った。

生存本能というなら、むしろ一度ぐらい妻を抱いた方が高まる気がする。

子供だってああ言われたが、そうそう妻の不貞を疑うことなどないはずだ。

「やはりあの話は迷信だな。まったく……」

誰が広めたのだか。本当に迷惑だし、『損をさせられた』とハリードは思う。

「妻に手紙でも出さないのか、ハリード」

「……手紙か」

防壁建造の案が現実味を帯びた頃。騎士たちにも多少の余裕が出てきていた。そうは言っても領地に帰れるほどの状況ではないのだが。ハリードは領地で待つ妻エレクトラのことを思い出す。

愛が芽生えるほどの交流はまだしていないものの、美しく利発的な妻だ。出兵がなければ彼女と身体の関係を持ち、親愛の情だって湧いていたはずだろう。

実家のヴェント子爵を継いだ彼女の兄も隣領にいるからカールソン領は問題ないはず。ここでの戦況はそれぞれの騎士の関係者を中心に中央や各領地へ報せているらしい。グランドラ領の戦いは多くのランス王国貴族が注目しているのだ。だからエレクトラの下にもハリードが無事であることは伝わっているだろう。

「……面倒だ。無事が伝わっているのなら文句はないだろう」

ハリードはそう思い、エレクトラへの個人的な手紙は書かなかった。

彼と話していた騎士は呆れた様子で肩を竦《すく》めるのみだ。


それから戦場は一進一退の攻防となった。魔獣たちには昼夜も関係ないらしく、むしろ夜の方が活発だった。今までよくも辺境伯家の騎士団だけで抑え切れていたものだと感心する。それでも戦場に来て一ヶ月もすれば、だんだんとこの事態にハリードは慣れていった。慣れてしまえば狼も蛇もただ普通より大きいだけでそこまで強くもないのだ。それにハリードは他の騎士よりも強い方だった。なおのこと余裕をもって過ごすことが出来ていた。

「こんなヤツらなら森に攻め入って滅ぼした方が早いだろうに」

ハリードはそう思う。……だが、そんな考えが彼の油断に繋《つな》がった。

「なっ……⁉」

ハリードの前に新たな魔獣が現れたのだ。今までの四足の獣である狼ではなく。

二足歩行で立ち上がり、鋭い爪を有した狼……ウェアウルフだった。

『キシャァァア‼』

「ぐっ！」

今まで戦ってきた魔獣とは異なる存在。それも見るからに凶悪そうな。対峙するには明らかに今までより脅威度が跳ね上がっていると分かる魔獣だ。新たに現れた脅威に対し動揺を隠せない騎士たち。襲い掛かられ、多くの騎士がやられていく。ハリードも怪我を負ってしまった。

「くそぉおおおっ‼」

だが、追い詰められたハリードは底力を発揮し、ウェアウルフを仕留める。そんな彼の姿に気力を取り戻した騎士たちは声を張り上げて、なんとかウェアウルフの攻勢を押し返すことに成功したのだった。

「ぐっ……うぅ……！」

「ハリード、大丈夫か！　くっ、彼も運んでくれ！」

ハリードは仲間の騎士に運ばれ、負傷者が収容される後衛のテントに連れてこられた。

そこでは治療魔法を使える僧兵たちが負傷者の世話をしている。

「うぅ……ぐ、ぅぅ」

ハリードは多くの負傷者と一緒にされ、治療を待つことになった。彼の意識としては気が遠くなるような時間を待たされ、ようやく彼の治療が始まる。

「今、癒やしてあげますからね」

「うぅ……早く」

朦朧《もうろう》とし始めた意識で自身に掛けられる声に縋《すが》った。それは女の声だった。

「う……あ……」

女がハリードに手を翳《かざ》すと温かな光が溢れ、彼の苦痛を和らげていく。心から救われた気持ちになった。死ぬかもしれない痛みと恐怖から、その女が己を救ってくれたのだ。

「はぁ……、ああ……だいぶ、楽になった。……ありがとう」

「どういたしまして、騎士様」

意識と視界が、はっきりし始めたハリードは改めて己を救ってくれた女性の姿を見た。

「―――――！」

ニコリと微笑《ほほえ》むその姿は、とても美しく可愛らしく……。

「……女神だ」

「え？」

神々しく見えた。ハリードは己が彼女に出会うために生まれてきたのだと、そう感じる。

「君の、名前は……？　教えて欲しい」

「リヴィアと言います、騎士様」

……それが彼らの出会いだった。


ハリードが出兵してからもう一年が過ぎてしまった。魔獣との戦いは長引いているようだ。

エレクトラの下にも逐一その報せが届く。辺境では防壁を築き上げることで魔獣への対応をし、それがようやく完成に近付いているそうだ。近い内に派遣されていた騎士たちは帰還することになるだろう。幸いハリードの訃報は届いておらず無事に帰ってくる見込みだ。

「良かったですね、奥様」

「ええ、そうね。それにしてももう一年。長かったのやら短かったのやら」

エレクトラはハリードが居ない間きちんと男爵家を切り盛りしていた。大きな領地ではないため、間に人を挟まずほとんどが直接の指示になり、今やカールソン男爵家の女主人といえた。

「……何も憂いがなければハリード様が帰られるまでの話と割り切れたのだけど」

どうしてもエレクトラはあの夢を忘れることが出来なかった。今も戦地で、命懸けで頑張っているハリードのことを思えば疑うことに罪悪感すら覚える。だからこそ今日まで男爵家をきちんと取り仕切ってきたのだ。それでも。もし、エレクトラが見たあの夢が現実になったら。そう考えて、あくまで『念のため』ではあるが。エレクトラは密《ひそ》かに使用人たちや領民が困らぬようにと日々の仕事についてのメモを残しておいた。また使用人たち全員に仕事の紹介状も用意している。

『エレクトラがこの屋敷や領地から突然居なくなっても』困らないように、だ。もし、夢の通りになってしまえばエレクトラはある日突然にこの地から去ることを余儀なくされる。そうなった場合に使用人たちや領民が困らないように。

帰ってきた領主と領主の新しい……妻。そんな彼らが現れて家を取り仕切って。そうなったら、きっと彼らは混乱してしまうだろうから、と。エレクトラは考えていた。夢の内容を信じ切っていたワケではないが大いに影響を受けている。使用人や領民の生活が守られるなら。たとえ夢の内容通りの運命が待ち受けていたとしても。残るのはただハリードがエレクトラを裏切る、それだけとなる。……そう、それだけ。

ハリードは今、命懸けで戦っているのに？　それなのに自分は彼を疑っている。何の証拠もなくただ怪しい夢を見たというだけで、だ。なんとも酷い話だと思う。ただ夫が無事に帰ってきてくれるといい。それだけは揺るぎなかった。少なくともエレクトラはハリードが死ぬことなど望んではいない。だが、一年以上も待った夫が別の女性を連れてきたら？　そして自分に離縁を申し出たら？　そう考えると不安で仕方ないのだ。戦地に夫を送り出した妻としてはまったく筋違いの悩みだった。

一応、全体的な戦況については連絡があるのだが王都に比べれば田舎《いなか》のカールソン男爵領にそれらが届くのは少し遅くなる。数ヶ月おきに凶悪な新種の魔獣が現れるとも聞いた。どこまでそれが本当のことなのかさえ分からなかったが……。ハリードは何を思って戦っているのだろうか。家で待つ妻のことを想《おも》ってくれているだろうか。死にたくないと弱音を零《こぼ》して涙を流すタイプではないけれど、実際の戦いを知らなければ分からないことだ。戦場で弱音を吐き、泣いてしまったとして誰がそれを責められるのだろう？　所詮、戦えない自分はこうして彼を待つことしか出来ず。

もし、ハリードが戦場で誰かと出会ったなら。その誰かに心を動かされてもおかしくないのではないだろうか。だって自分たち夫婦の間に愛などまだ生まれていない。たった一日の結婚生活。それも交わりすら拒んだのだからよりいっそうに繋がりは希薄で。今の自分は被害者ではない。むしろ夫を疑い、純潔すら捧《ささ》げなかった妻だった。

……潮時なのかもしれない。日が経《た》つにつれ、夫への罪悪感が膨らんでいくのだ。彼は死ぬかもしれないのに彼を送り出す前、自分のことばかり考えてしまった。もしも戦場で彼が亡くなったら？　せめて彼の血を引く子供を孕んでいればそれが希望や救いになっただろうに。その可能性すらエレクトラは摘み取ってしまった。仮にあの夢が真実であったとしても。先に伴侶を裏切ったのははたしてどちらだろうか？　不貞さえ犯さなければ裏切りとは言えないのか？

……このままではいけないと思った。だって、この先どうなるにしても自分はずっと苦しいままなのだ。夫が無傷で帰ってきて微笑みかけてエレクトラを愛するために帰ってきたのだと。

そう言われたら、どうしたらいい？　本来ならばそれは最も望ましいことだったはずなのに。

きっとそうなったら罪悪感で自分が許せなくなるだろう。一体、己は彼の何を疑っていたのだと。

このままでいいはずがない。だからエレクトラは決意した。そうしてエレクトラは準備を始める。

来たる日のために。だが、そんなエレクトラの苦悩の日々に思い掛けない終止符が打たれることになる。それは戦場からもたらされた一報が理由だった。

「ハリード様が戦場で女性の僧兵を見初めて口説いている。二人は恋仲だと有名？　ハリード様は大活躍して……『英雄』とまで呼ばれて……」

まず始めにエレクトラが思ったことは『何をやっているのだ』だった。

まぁ、とりあえず。ハリードは戦場でも無事らしい。それは良かった。それどころか大活躍しているらしい。英雄とまで言われるほどに。どうもかなり大きな魔獣の個体を打ち倒したことがきっかけのようだ。その功績で陞爵《しょうしゃく》もあり得るのだとか。ここまでだけなら良いこと尽くしの報せと言えるだろう。だが、その英雄には戦場で恋人がいるとまで書かれているのは何なのか。

その男には妻がいるというのに。どうも世間に知らされる話の中では、英雄とそれを支える女性を讃美する方針らしい。これだけでは当人の考えを無視したプロパガンダか何かとも言える。

間違っても今はハリードを責められる段階にはないだろう。

彼が本当にその女性を連れてきて彼女を愛しているとでも言わない限り。

「……あはは」

エレクトラは笑うしかなかった。結局、確信を持てない以上は今まで苦悩してきたことと変わりない。だがなぜか心は晴れやかな気持ちだ。――やっぱり。

そう思えて。エレクトラの心は軽くなっていた。

二章　妻は、家に居なかった

ハリードが戦場に出て、二年が過ぎた。魔獣対策は整い、また多くの魔獣が葬られたことでようやく辺境は落ち着き始めている。防壁が築かれ、格段に人的な消耗が抑えられた。そして戦力にも余裕が生まれたことで次の作戦が組まれた。森の浅い部分のみだが木々を切り倒すことで徐々に森の奥深くへと続く道を作る。そう。以前は断念していた森への侵攻だ。とうとうこちら側から攻め入ることが出来るようになったのだ。これによっていっそう街の防衛が楽になる。

そして他領から派遣されていた騎士たちは帰還の目処《めど》も立てられるようになった。

ハリードもそうだ。彼はようやく家に帰ることが許された。

「ハリード、君には残って欲しいのだが」

「辺境伯閣下……」

ハリードは頭角を現し、多くの功績を上げた。『英雄』とまで持ち上げられ、多くの騎士たちの士気を上げたのだ。

「お言葉はありがたいのですが私にも守るべき領地があります。この地が落ち着いたのであれば、やはり自分の領地に戻りたいと思います」

「そうだな、その通りだ。今まで本当に助かった。君がこの地に来てくれたこと感謝している」

グランドラ辺境伯は侯爵と同等の身分だ。王家の血を引いている特殊な立場である公爵家を除けば貴族の頂点に並ぶ。男爵に過ぎないハリードがそんな辺境伯にここまで目を掛けられることは、とても名誉なことだった。

「……ところでハリード」

「はい、閣下」

「君には奥方がいると聞いたのだが……」

辺境伯はチラリと彼のそばいる女性に目を向けた。

教会から派遣されてきた女僧兵、リヴィアだ。二人が恋仲であるという話は、ハリードが英雄とまで持ち上げられたことで広まってしまっている。だが、正確にハリードの状況を把握している辺境伯はずっと気がかりだったのだ。今までは騎士たちの士気を下げないために聞くに聞けなかった。

だが、もうこの地を離れるのならハリードの考えを確かめておきたいと辺境伯は問いかけた。

「……私はリヴィアのことを……愛してしまいました」

「ハリード様……！」

その言葉に歓喜の表情を浮かべるリヴィア。それを見て情熱的な視線を向けるハリード。確かに『気持ち』の部分では二人は結ばれているのだろう。だが、そういう問題ではないと辺境伯は思う。

「では、奥方はどうするつもりだ」

「……それは。実は閣下。私とエレクトラは白い結婚なのです」

「白い結婚？」

「はい、初夜ではエレクトラと肌を重ねませんでした」

「……そうなのか？　それは何か問題があったのか？」

「いえ、エレクトラからの提案で。願掛けだと言っていました」

「願掛け？」

「ええ、出兵前の騎士の妻はあえて交わらないことで夫の帰ろうとする気持ちを強くするのだとか。それで生き残れるように、と」

「……私も剣を振るう身だが聞いたことがないな、その願掛けは」

「そうなのですか？」

「まぁ、夫人方に流行《はや》っているものを男である私が把握していないだけかもしれない」

「……はぁ。とにかくそうした願掛けのために私はエレクトラを抱きませんでした。ですから離縁となってもエレクトラの『傷』にはならないかと」

そんなはずがないだろう、と思ったが辺境伯は口を閉じる。そして話の続きを促した。

「もちろん、エレクトラは簡単には納得してくれないでしょう。泣かれてしまうかもしれませんがそこは私が彼女を説得するつもりです。それに白い結婚による離縁が成立するのは結婚してから、三年。だから、あと一年、我慢すれば正式にエレクトラとは離縁することが出来ます。そうしたら私はリヴィアと結ばれることが出来ますから」

辺境伯は胡乱《うろん》な目になる。呆れと仄《ほの》かな失望だ。『何を言っているのだ、この男は』と思った。

「……そうか。まだ君も若かったのだな、カールソン男爵」

「え？　は、はい」

「では、領地に戻っても達者でな。君がどんな人生を歩んだとしても私が君の尽力に感謝していることは変わらない。今までありがとう、カールソン男爵」

「は、はい！　こちらこそお世話になりました！」

グランドラ辺境伯はハリードとリヴィアを送り出した。その姿が見えなくなってから、そばに控えていた側近に話し掛ける。

「英雄は色を好むというが、アレもそうか？」

「……うーん。どう受け取られますかね。功績と醜聞、どちらがより評価されるか。ある意味で、大衆受けがいいとも言えます」

「まぁ、そうとも言えるな」

「英雄としてはより話題になりますが、貴族としては問題ですね」

「そうだな。だが白い結婚ならばまだマシという考えも……あるのか？」

「さぁ……。奥方様が自棄《じき》にならなければ良いのですが」

「……我が領地が魔獣の対処を出来ていれば壊れなかった、そして結ばれなかった縁か」

「閣下、それは……」

「分かっている。誰にもこんな事態を予期など出来なかったさ。ただなぁ」

援助をしようにも今の辺境伯家には余裕がない。ハリードが間違った対応をしないように祈るのみだが……。今の時点で既に間違っていると言っていい。

あの状態から『誠実な対応』など、はたして可能なのか。そういった方面に疎い辺境伯には分からなかった。彼は愛妻家だったからだ。

「しかしハリードがこの地の恩人であることに変わりない。だからこそ人道を外れた真似《まね》をしないで欲しい。そう願おう」

「そうですね……」

辺境伯と側近は、遠い目をして英雄が去っていった方角を見るしかないのだった。

ハリードは英雄として領地に凱旋することになる。騎士としてこれほど誇らしいこともないだろう。しかも隣には『最愛の人』も伴って、だ。加えて、実はハリードには正式に陞爵の話も来ていた。もちろん辺境での功績に対してだ。流石《さすが》にいきなり伯爵ということはなく子爵に上がるだけだが、それでも名誉なことだ。それに伴って領地の拡大といきたいが、そうすると近隣の領地を接収する形になってしまう。隣の領地は今の妻であるエレクトラの実家。ヴェント子爵家の領地だ。

瑕疵もないのに他家の領地を取り上げることは出来ない。だから陞爵に伴って領地を賜るならば今の男爵領とは離れた別の土地を与えられるか。そうしたら今の領地には代官を立てて……。

「……ああ、代官か」

「ハリード様？」

「いや、なんでもないよ、リヴィア」

まだ正式に子爵は賜っていない。だが、もしも子爵になるにあたって別の土地を与えられたら、自分はリヴィアと共にそちらで暮らす。そしたら、この地の『代官』には……エレクトラになってもらうのはどうだろう？　なにせ彼女は自分の居ない二年間、カールソン男爵領を切り盛りしてきたはずだ。離縁を告げることは心苦しい。きっと泣きつかれるに違いないが、自分はもうリヴィアを愛してしまった。だからエレクトラには別れてもらわなければならない。

だからこそ代官という役職に取り立てることで彼女の二年間に報いるのだ。

「……うん」

それでいこう。今思えば白い結婚であったことはせめての救いだったかもしれない。これも運命と言えるだろう。きっと自分とリヴィアが結ばれることこそが運命で、だからこそ、そういう巡り合わせだったのだ。二年前、エレクトラは自身が不貞を疑われないために白い結婚をと願った。

それがまさか離縁の後押しになるなんて夢にも思わなかったに違いない。

「……やっぱり泣かれてしまうかな」

「ハリード様、もしかして奥様のことを考えていらっしゃるの？」

「……うん、すまない。リヴィアの前なのに。でも離縁の話はしなければいけないから」

「ううん、いいの。だって私も悪いもの。奥様には謝りたいわ」

「リヴィアが謝ることなんて！　俺が君を愛してしまったんだ……」

「ハリード様……ううん、私も。貴方を愛してしまったから」

そうしてリヴィアとの愛を確かめ合いながらハリードはカールソン男爵領へと帰還した。

「久しぶりだな。それにしてもこうして見ると狭いな、我が領地は」

「ふふ、それでも素敵なところじゃないですか」

「そうかい？」

二年間この地からは離れていたが特に荒れている様子はなかった。むしろ出発する前より整っているように見える。遠くに見えてきた屋敷もきちんと手入れされているようだ。

二年も主《あるじ》が居ない領地がどうなるか不安だったが、どうやら大きな問題は起きずに済んだらしい。

屋敷に着くと使用人たちがハリードを出迎えに来る。

「おお……？」

「どうしたの、ハリード様」

「いや、使用人がこうして出迎えてくるのは初めてだ」

「え？　ハリード様は領主なのよね？」

「ああ、だが所詮は男爵だからな。それに雇っている使用人も当然、なんというか。平民上がりがほとんどだ。だからこういう如何《いか》にも貴族の使用人といった態度での出迎えをする習慣はなかった」

二年、ハリードが居ない間に使用人たちは改めて貴族に仕えるということを学んだのだろうか。

それとも二年振りの主の帰還だからと、こうして今日だけは歓迎してくれたのか。なんにせよ気分がいいことだ。愛しのリヴィアにも如何にも自分が貴い身分なのだと示すことが出来た。

「サイード。今、帰ったよ」

「お帰りなさいませ、旦那様」

侍従長であるサイードに自ら声を掛けるハリード。

「皆、見違えたな。こんな歓迎の仕方をいつ覚えたんだ？」

「エレクトラ様に教わりました」

「……エレクトラに？」

「はい、旦那様。彼女はれっきとした子爵令嬢でしたから。我々が知らぬ礼儀もご存知でした」

「そ、そうか」

まさか気分のいい歓迎の仕方を教えたのがエレクトラだとはハリードも思わなかった。

思えば如何に家を継げない令嬢とはいえ彼女は自分よりも爵位が上の子爵家の出だ。

今まであまりに二人の担う役割が違うせいか意識はしていなかったのだ。思いがけずエレクトラの名前が出たことで気まずい思いを味わうハリード。だが、これから、もっと大事な話を彼女としなければならないことを思い出して決意を固めた。

「サイード、悪いが今すぐエレクトラを呼んでくれ。執務室……いや、応接室にだ」

ハリードはリヴィアの手を引いて屋敷の中へと歩みを進めながら、そう指示する。

流石に今すぐに出ていけとは言えないだろう。エレクトラは自分に泣き縋るだろうし、嫉妬からリヴィアを傷付けようとする可能性もある。だから常に自分はリヴィアと共に居なければ……、

「それは出来ません、旦那様」

「……は？」

だが、侍従長から返ってきた言葉はハリードの予期しないものだった。

「なぜだ？」

「エレクトラ様は屋敷にはいらっしゃいません」

「……何？　どこかへ出掛けているのか？　主人が帰ってくるというのに？」

まさか、エレクトラは自分が居ない間、男爵家の仕事をしていなかったのだろうか？

遊び呆《ほう》けていた？　自分が戦場で、命懸けで戦っている間に？　そう考えてムッとする。だが。

「いいえ。出掛けているのではなく屋敷には居ないのです、旦那様」

「……は？　何を言っているんだ」

「……執務室の机の上に、エレクトラ様からの手紙をご用意しております。旦那様が自ら確認していただくのが早いかと」

「手紙だと？　エレクトラは今どこにいるんだ」

「それは把握致しかねます」

「なんだって？　お前、侍従長が夫人の居場所を把握していないで許されると……」

「夫人は、いらっしゃいません」

「はぁ？」

「……旦那様には、どうかエレクトラ様からの手紙を読んでいただきたく思います。すべての話はそれからだと存じます」

「……何なんだ」

ハリードは苛々とし、声を荒らげたのだが使用人たちの誰もハリードに説明しようとしない。

貴族家の使用人としての振る舞いは格段に向上したが、主人に対する態度としては随分だった。

「どうか、手紙を」

「分かった。リヴィアを応接室へ案内してくれ。護衛も付けるように……いや、エレクトラは居ないのか」

「……エレクトラ様がいらっしゃっても屋敷の中で護衛を付ける必要はないでしょう」

まるで責め立てるような侍従長の視線にハリードは不穏な気配を感じた。

「……本当にエレクトラは家に居ないのか？」

「はい、旦那様」

なぜなのだ、と。ハリードは思う。理由が思い当たらない。

「……俺が居ない間、いつも彼女は外で遊び呆けていたのか？」

ハリードが問い掛けると、その場の空気が一気に冷え込んだように感じた。

「少なくともエレクトラ様が遊び呆けるなどと他の使用人たちの前ではおっしゃらないでください。旦那様がエレクトラ様を愚弄する意味がまったく分かりません。あの方はカールソン男爵領に対して、この二年間本当に尽力してくださいました。我々使用人一同、エレクトラ様に敬意を抱いています。当然、その職務も立派にこなされていましたよ」

「……それは俺が家の仕事をしていなかったと言いたいのか？」

ハリードは侍従長サイードの強い言葉にムッとして言い返した。

「旦那様はお疲れなのですね。先程からおっしゃっている言葉に意味が通っておりません。なぜ、戦地で戦われていた旦那様をそのように言わねばならないのですか」

「では、先程の物言いはなんだ？」

「男爵家に嫁ぎ、立派に職務をこなされていた男爵夫人に対して敬意を払う。そんな奥様にありえない愚弄とも取れる疑念をぶつける旦那様をお諫《いさ》めする。どちらもカールソン男爵家に仕える者として当然のことです。むしろそれをしない方が使用人失格かと思いますが……。本当に旦那様は何をおっしゃっているのですか？」

「もういい！」

苛立ちながらハリードは執務室に急いだ。誰も使わずに荒れているかもしれないと思ったが、それは杞憂《きゆう》で、執務室は綺麗《きれい》に掃除され整えられていた。すぐにでもこの部屋で仕事が出来てしまえそうだ。まるでいつもここで『誰か』が仕事をしていたかのように。

「エレクトラの手紙、これか。……ん？」

これみよがしに机の上に置かれていた便箋を手に取るハリード。

それと一緒に折り畳まれていた紙が、パサリと床に落ちた。

そして、それを思わず拾おうとしたハリードは――

「…………は？」

その紙が『何』であるかに気付いて固まった。

「なん、だ、これは……？」

その紙は王国が正式に発行している『離縁状』だった。実は今日、ハリードも同じ物を用意してきている。当然、ハリードの名が既に書かれている離縁状だった。これを突きつければ、きっとエレクトラは自分に泣き縋るだろう、と思いながら。それでも愛しいリヴィアのためならば心を鬼にしようと決意していた。だが、ハリードが拾った離縁状は妻であるエレクトラの名が既に記されていた。二枚の離縁状はまるで二つで一つのようだった。

「なぜ……」

わなわなと手を震わせるハリード。どういうことかと侍従長を怒鳴りつけようとしたが、その前にとエレクトラからの手紙を見ることにした。乱暴に便箋を開き、エレクトラの手紙を読む。

『親愛なるハリード・カールソン様。いつも貴方の無事を祈っておりました。

しかし、戦場からの一報にて貴方様が愛する者を見つけたと知り、私も覚悟を決めました。

どうも、私は不要なご様子。一体、戦場で何をなされているのか、とも思いましたが……。

貴方様の戦いもまた知らされております故、その功績までは疑いません。

また、このような一報を意図して報じる悪意も感じました。

私は、私の存在が領民に迷惑をかけ、使用人たちを苦しめることになるのは許せません。

よって速やかに離縁させていただきます。使用人たちには、主がしばらく居なかろうとも暮らしていけるように手配しております。エレクトラ・ヴェント』

ハリードは自覚なく、その場に膝を突いていた。

『――追伸。貴方様には心底、失望致しました。

貴方のような人のために貞淑であろうとした私が愚かだったようです。戦場で充分に不貞を楽しまれたご様子。私も驚きました。そのような騎士もいらっしゃるのですね？　貴方だけだと思いたいですが。今では、貴方と離縁出来ることを嬉《うれ》しく思うほどです。もう二度と貴方の顔は見たくありません。さようなら』

辛辣に綴《つづ》られる文面に妻の怒りを感じた。確かに今日、ハリードはエレクトラに離縁を突きつけようとした。泣き縋られると思い込んでいたが……。蓋を開けてみればこれだ。ばつの悪さ、罪悪感、或いは甘い見通し。どこかで離縁を突きつけたあとも変わらない何かを期待していたような。

いや、それでも彼女が『邪魔』になると、離縁するまでは『我慢』なのだと傲慢に思っていて。

それらすべてに正面から水を掛けられてしまった……羞恥心。

妻が自分を愛していると思っていたのか。それを失望させてしまった、喪失感。

離縁を求めようとした相手が既に居なくなっていたのだから、いっそ清々《すがすが》しいとそう思えばいいはずなのに。どこか後味の悪いモヤモヤとした感情。後悔とはまた違う何か。

「俺が……捨てられた……？」

そう。自分が彼女を捨てるつもりだった。だが、これでは自分が捨てられたようだ。

否、まんまと先に離縁を切り出されているのだから、確かに捨てられたのはハリードなのだろう。

それは新しい恋を始めるには随分と腹立たしく。どうにも癪《しゃく》に障る。

「旦那様、手紙は読まれましたか」

「サイード、お前、この手紙はいつ……？」

「一ヶ月ほど前でしょうか。旦那様の帰還の目処が立ったと知らされた後でございます」

「……なぜ」

「はい？　何がですか」

「……なぜ、エレクトラを止めなかった？」

「止めて欲しかったのですか？」

「当たり前だろう！」

ハリードは立ち上がって侍従長を睨《にら》み付ける。

「なぜ？」

だが、侍従長は平然とした顔でそう問い返してきた。

「なんだと？」

「エレクトラ様とは離縁されるおつもりだったのでしょう？　だからこそ旦那様は、あのお嬢様を連れて帰ってこられたのでは？」

「そ……！　それは……」

「旦那様も離縁状を用意なさっていたのではないですか」

「ぐっ……」

ハリードは侍従長から目を逸《そ》らした。そして用意していた己の離縁状を服の上から握り締める。

「……男は、一度でも好意を寄せられた女性が永遠に自身に愛を誓うものだと思いがちです。それはまったくの幻想というものですが。旦那様とエレクトラ様には、その愛すら元からなかったではありませんか？　であれば不貞を犯された旦那様に愛想を尽かすのも当然かと思います。旦那様は今日、エレクトラ様を捨てられるおつもりでしたね？」

「お、俺は……！　しかし、彼女の今後のことも考えていて……！」

「不要でございましょう、エレクトラ様には。英雄の功績に免じて慰謝料も不要とのこと。貴方と諍いを起こす暇があれば、さっさと新しい生活を始めたいとのことでした。エレクトラ様から旦那様への未練は一欠片《かけら》も感じませんでしたね」

「ぐっ……！」

今日、ハリードが使用人たちへ感じていた違和感の正体をようやく悟る。皆、怒っているのだ。ハリードがリヴィアを選んだことに。エレクトラを捨てるつもりだったことに。

二年の間、カールソン男爵家を担っていたのはエレクトラだった。その間で使用人たちは彼女の味方となったのだろう。ハリードに対して怒りを抱く者たちしかいない屋敷で新生活が始まる。

過去に区切りをつけるどころか残された多くの者に敵意を向けられる中で。

彼らの心は己ではなく妻にあった。ハリードにはどうにもすることも出来ない。

離縁を求めた妻は……既に家に居なかったのだから。

三章　エレクトラは家を出る

エレクトラは最初にハリードについての一報で彼が『英雄』と評されるようになり、恋仲の女性がいるのだということを聞いてから即座に決断した。あの予知夢を信じることにしたのだ。

ずっと警鐘のようにあの夢の内容が忘れられなかった。夢を見ていなければ自分はロクに結婚式も挙げないまま結婚して初夜でハリードに純潔を捧げる。そうして翌日、戦地へと旅立っていった夫の無事を祈りながら帰ってくることを信じて男爵家を支えて。その挙句、帰ってきた夫に理不尽に離縁を突きつけられるのだ。……きっと、その時の自分は絶望するだろう。理解が出来ずに『なぜ？』と泣いてしまうかもしれない。或いは、あまりの屈辱に激しく怒りを抱くか。まったく許せることではない。度し難いことだと思う。戦場で命懸けだからこそ燃え上がったのだろうか。

しかし如何なる理由があろうとも、それは不誠実に違いない。

「……ふぅ」

だが、落ち着かなければ。まずハリードの不貞を示すのは戦場からの一報のみ。

確たる証拠があるワケではなく、噂《うわさ》の類《たぐい》に過ぎないと言っていい。だから今すぐ離縁すると屋敷を出ていくのは得策ではないだろう。それに急に主人の代行を務めていた男爵夫人が居なくなれば困るのは領民や使用人たちだ。彼らには何の罪もない。彼らを苦しめるつもりなどエレクトラにはなかった。だからエレクトラが決断したのは夫が帰ってきた時、必ず離縁を突きつけられるのだと覚悟すること。そして、それに向けて動くことだけだった。

領民と使用人たちには好かれていた方がいいだろう。

『エレクトラ夫人の治世では満足出来る暮らしだった』と思わせられれば今後、彼らを味方に出来る。ずっと先までを見据えた繋がりでなくていい。自分が居るのは一時のことだから。

そう。短期的に彼らの心が掴《つか》めればよいのだ。それならば出来る。

そうしてエレクトラは目的を定めて活動し始めた。


ハリードが出兵してから一年以上が過ぎ、彼が辺境にて『英雄』と評され、そして恋仲の女性がいると知らされてから、更に二ヶ月ほど経った。まだ彼が戻る目処は立たないようだ。

戦場からの報せは逐一もたらされるのだが、ハリードについて書かれている内容は以前見たものから大きな変化はない。

「……ねぇ、サイード、それからサリア」

「は、はい。奥様……」

侍従長サイード、侍女長のサリアにエレクトラは声を掛ける。一報の内容に目を通しながらだ。

それが一体どのような内容なのかは既に二人も把握している。

主が『英雄』と持ち上げられるのはいい。だが、そのそばに『愛する者』がいるなどと。

既婚者である主に付け加えるべき内容ではない。

そして、それを妻であるエレクトラが面白く思うはずもないのは彼らも分かっていた。

「何かおかしいと思わない？」

「え？」

二人はエレクトラが夫の不貞に激怒し、自分たちを罵るのではと身構えていた。

だが彼女は激昂《げきこう》せず、冷静な口調で続ける。

「旦那様を持ち上げるのはいいのだけど。どうしてそこにわざわざ愛する者がいるなんて書き加えるの？　調べれば彼が既婚者だと分かりそうなもの。まぁ男爵だし、結婚式も挙げていないから知らないとも考えられるけど……」

エレクトラはだんだん違和感を覚え始めていた。どうも、この一報はハリードの不貞をどうしても肯定的に広めたい様子なのだ。何の意図があって？　英雄のプロパガンダだから？

相手は女僧兵、教会の治療士……治療魔法で騎士たちを治療して回る若い女性だ。

一報ではそんな彼女のこともやたらと持ち上げるように書かれている気がする。なにせ、お相手の彼女は『聖女』などと持て囃《はや》しているのだ。

今までのエレクトラは、予感めいた夢と現実の板挟みで他のことを考える余裕がなかった。

だが、あの夢を信じることに決めた今。改めて考えると、どうにもこの一報に違和感を抱く。

「これ、王都でも伝えられているのよね？」

「はい、そのはずです」

「……世間では彼らは『英雄』と『聖女』と持て囃されているということね」

つまり、ランス王国各家に報じられる一報で持ち上げたいのはハリードだけではない。

相手の女性、『リヴィア』という名の女僧兵のことも『聖女』と銘打ちたい様子だ。

これはもう何者かの意図したことではないだろうか。英雄と聖女の、戦場での恋愛譚。それを大々的に報じたいのだ。

「王家か、或いは教会の思惑？　どちらもかしら。或いはそれに近い誰かが……？」

まず『英雄』の存在によって生じるメリットを考えると戦場で戦う者たちの士気の向上だろう。

国全体、国民の気持ちも『英雄の活躍に期待する』というプラスに寄るはず。

そういうメリットがあるため、王家が主導してハリードを持ち上げようとしてもおかしくはない。

実際、暗い一報ばかりなんて誰も見たくなくなるだろう。

それよりは英雄の活躍として報せてもらった方が受け取る側は気が楽だ。

彼がいる限り国は守られるだろうと安心することも出来る。国民の安心は治安の安定に繋がる。

王家としてはやって然《しか》るべきだろう。

次いで『聖女』だが、こちらは教会が関わっているかもしれない。なにせ、リヴィアという女性は教会所属の治療士、女僧兵なのだ。そんな彼女が『聖女』と評されれば教会の利益になる。

聖女のようにと祈る者が増え、聖女がいるならと信仰心も深くなるだろう。

同じ戦場で『英雄』と『聖女』が現れて彼らが恋仲と知られれば人々の興味も増すに違いない。

……そうなると。英雄には既に妻がいるなんて彼らにとっては『邪魔』な存在ではないだろうか。

もちろん英雄が妻を一途《いちず》に愛しているならばそれもいいとは考えるはず。

……だが、おそらく実際、ハリードはリヴィアという女性と『そういう仲』になっているのだと思われる。エレクトラは夢で見た二人の親密な様子を思い出した。

前線での仕事を終えた英雄ならばともかく、ハリードという『英雄』にはまだ戦ってもらわなければいけない。その活躍で民の求心をしてもらわなければいけないのだ。

そんな彼には『不貞』の悪印象は相応《ふさわ》しくない。だからこそ一報の中では、不自然なほどに彼が既婚者であることが書かれない。ただ聖女との仲睦《むつ》まじい姿を……と。だとしたら。

「奥様？」

「……あのね、二人とも。これから『私』に対して悪評を広める者が現れるかもしれないわ」

「え？」

ハリードが不貞をしているという『事実』は報じることが出来ない。彼は貶《おとし》められないから。それは同時に『聖女』であるリヴィアも貶めることになってしまう。ならば彼らの最善は？

……ハリードの妻であるエレクトラを『悪者』にしてしまうことではないだろうか。

そうすれば彼らの体面は守られる。守られてしまう。だから。

「そうなっては、この男爵領に嫌がらせをされるかもしれない。私の悪評を流すために何かしらの手を打ってくるかも」

「お、奥様？　それは一体、どういう……？」

ずっと、どうして己があのような予知夢を見たのかと思っていた。『ただの不貞』を教えてくれる奇跡なんて神様は何をお考えなのかと。もし、それがただの不貞では終わらない、もっと大きな陰謀であったのなら。そのような理不尽に晒《さら》される運命を神様が哀れんでくださるのだとしたら。

「ヴェント家にも伝えるわ。不埒なことを考える輩《やから》が領地に現れるかもしれない、と。警戒するように。貴方たちも気を付けてくれる？」

はたしてエレクトラの懸念は当たった。なんと、『英雄の妻』を名乗る不埒者が、カールソン領とヴェント領に現れたのだ。その者は如何にも『悪妻』だと思われるような言動を繰り広げたらしい。何者かがエレクトラの評判を貶めようとする意図は明らかだった。

引退したカールソン前男爵やヴェント子爵を継いだエレクトラの兄ベルトマスとも直接会って話をする。その際、ハリードの不貞についてカールソン前男爵からエレクトラは謝られた。

「夫が戦場で戦っていることや、そこで功績を上げていることは事実です。不貞については思うところはありますが……。このカールソン領を蔑《ないがし》ろにする気はありません」

エレクトラがそう宣言するとカールソン前男爵は安心したように息を吐く。

彼女は改めての謝罪と感謝を受け取った。そして久しぶりに会う兄と彼女は話し合う。

ベルトマス・ヴェント子爵。エレクトラの兄。彼女と同じ水色の髪と水色の瞳をしている。

長めの髪に、騎士のハリードに比べれば華奢な体格。体力よりも知性がありそうな雰囲気。

ヴェント家の家風は文武両道であり、このような見た目であっても荒事でも頼りになる。

今もエレクトラが尊敬する兄だ。幼い頃などはエレクトラも彼と一緒に武芸を学んだ。

生憎《あいにく》とエレクトラには武の才はなかったものの、お陰で戦いにおける胆力などは備わった。

今、直面している窮地などに堂々としていられるのもヴェント家の教育の賜物だろう。

「エレクトラ、大丈夫か？」

「ベルトマス兄様、ええ。私は問題ないわ。でも私の偽者が現れるなんて」

「そうだな……。お前に言われて領地の巡回を増やしたが……私も思いもしなかったよ」

聞けば、ヴェント領に現れたエレクトラの偽者はなんともお粗末なものだったという。

髪色だって彼女とはまったく違う黒髪で、その正体は他所《よそ》の領地の娼館で働く者だった。

何者かにお金を貰《もら》ってそんなことをしたそうだ。まだ大それたことなどしていなかったので厳重注意をしてから領地の外へ追い出して対処したらしい。

カールソン領に現れた方の偽者は逃がしてしまったが似たような人物かもしれない。

「……私の偽者、か」

「エレクトラ？」

心配そうに見る兄ベルトマスを少しだけ忘れたようにエレクトラは思案に耽《ふけ》るのだった。


何者かの悪意をはっきりと感じたエレクトラだが、だからといって、その黒幕を突き止めようとはしなかった。どうにも黒幕がただの男爵夫人が楯突《たてつ》いて無事に済む相手とは思えなかったのだ。

各地にもたらされる『英雄』と『聖女』扱いの不貞男女をとにかく持ち上げたい何者か。

彼らをそこまで持ち上げて、その誰かにとってどうなるのかは何も分からない。

想像を膨らませるのにも限界があった。

ただ、エレクトラは領民や実家に被害をもたらさないためにあらゆる対策を講じた。

『悪意ある何者か』は確実にいる。今この時も。それを念頭に活動していくことにする。

「『私』を陥れたいのか、ヴェント子爵家を陥れたいのか」

両方かもしれない。例えば、ヴェント家を貴族から追い落として領地を奪う。そして英雄と持て囃されているハリードに与えて領地を拡大させるのだ。二つの領地を合わせれば『伯爵』に陞爵しても釣り合うだろう。それをして誰が得をするのか、まったく分からないのが問題なのだが。

「……考えても仕方ないわね」

とにかく『敵』はいるのだと警戒する。相手が焦《じ》れて何かを仕掛けてくる可能性もある。

思うにその何者かはハリードを陥れようとはしていない気がする。

そもそもエレクトラが嫌な予感を覚えたのは戦場から届く一報の内容ゆえだ。そこでハリードは『英雄』と称賛されている。わざわざ、そのパートナーとして『聖女』を持ち上げているが二人のことを悪く書かれてはいない。何者かはエレクトラにしか悪意は向けていないと言えるだろう。

それからは地道で地味な戦いの日々だった。男爵夫人を陥れようと企《たくら》む何者かがいることを前提にエレクトラとヴェント家は警戒し続ける。

まずは、とにかく悪評を流さんとする動きへの対策だ。次にあるとすれば商売の邪魔か。或いは農業の妨害か。それらは領民の生活に大きく影響してしまう。これまでの傾向から考えて何者かは『英雄』ハリードに害を与えようとはしていない。あくまで『英雄』と『聖女』は、何者かにとって人々に称賛される対象にしたいのだ。その誰かにとって邪魔なのはエレクトラだけ。

だから『ハリードの領地』であるカールソン男爵領をそこまで貶める気はないとは踏んでいるが、それも確かなことは言えない。領民の生活を保障するために備蓄の確保と警備を強化した。そちらもやはり『敵』を想定しているので目に見える警備とは別に隠れた警備人員を配置し罠《わな》を張る。

「……奥様、『網』に掛かったようです。しかも捕まえました」

「え、捕まえたの？」

以前、カールソン領に現れた『偽・男爵夫人』には、まんまと逃げられた。

深追いもさせる気はなかったのだが、今回は上手く捕まえることが出来たようだ。

「備蓄食料に何かをしようとした男を捕まえております」

「……よく捕まえられたわね」

エレクトラが想定していた黒幕はかなり『上』の何者かだ。

そんな誰かの指示で動く人物が尻尾《しっぽ》を掴ませるような真似をするとは思わなかった。

「おそらく、こちらが警戒していると思わなかったのかと」

「まぁ、そうでしょうね」

エレクトラとて自分がどうしてここまで強く懸念を覚えるのか分かっていない。

もしかしたら、あの予知夢ほどではないにせよ何かしら特別な『予知』をしているのか。

「……会うことは出来る？」

「危険です、おやめください。奥様を狙っているかもしれないのですよ」

「私を狙っているのはそうでしょうけど暗殺が目的とは思えないわ。少なくとも私の評判を下げてからがお望みじゃないかな？」

偽者と断じて対応したことで偽・男爵夫人による私の悪評は広まっていない。偽者が吹聴しようとした方向性としては、エレクトラが英雄ハリードに執着し彼にまとわりついている、という類のものだ。それだけでなくエレクトラの性格には難があるように見せかけ、自ら白い結婚を求めて、侍従たちを懐柔して浮気をした挙句に夫が英雄となったと知った途端、彼に執着し始めた、などと。

とにかくエレクトラの印象を悪くしようとしていた。

白い結婚であることなど絶妙に真実を織り交ぜているのが腹立たしいとエレクトラは思う。

そういった妻の悪評を広めた上で英雄を凱旋《がいせん》させたいのだろう。

ハリードが聖女と結ばれる美談を際立たせるために。

侍従長たちとの会話を終え、改めて準備をしてからエレクトラは備蓄食料に工作をしようとしていた男の下へ向かった。男の目的がエレクトラを陥れることと分かっているため警戒は強くする。

今の領地には腕の立つ衛兵が少ない。そもそも実力者であれば辺境の戦場に駆り出されているのがランス王国の現状だ。そのため、エレクトラの行動はとても危険な行為だった。

「はじめまして、人殺し」

「……！」

エレクトラは開口一番で男にそう告げた。

「お前が手を付けようとしたのは領民たちが食い繋ぐための最後の砦《とりで》。それが食えなくなれば死者すら出ただろう。……お前は神の意に反する人殺しだ」

エレクトラはカマをかけた。男がどういった方面から来た者なのかを探る気だったのだ。

だから、まず男が教会関係の人間なのかをはっきりさせようとする。

「どうして領民を大量に殺そうとした？　お前の名は知らないが教会には破門をさせるように願おう。お前が何者かは知らせずにな」

「ち、違う……」

男はそれまで押し黙っていたが、私の言葉に初めて口を開いた。

その表情の変化から男の立ち位置になんとなく当たりを付ける。

「……教会の指示、か」

「……！」

あえて断定口調で何もかもを分かっているようにエレクトラは呟《つぶや》いた。男に問いかけるのではなく、一連の流れで察したと錯覚させる。エレクトラは頭が痛くなった。

自分は本当に目の前にある情報から論理的に推察したのだろうか？　それとも、やはり予知夢のように超常的な力で事態を察したのか？　……何も分からない。

ただ男の様子を見てエレクトラは次の行動を決めた。

「彼を解放していいわ」

「え、よろしいのですか⁉」

「ええ、領民の食料を奪おうとして彼の心がそれで良いと。神に許されると。そう考えているのならもう救いはありません。きっと私たちが手を下さずとも神の裁きがあるはずです」

あとは男の良心に委ねるだけだ。それよりも、と。エレクトラは次の行動に移る。

「……教会に行くわ」

己の名を偽り、教会に通おう。『夫の不貞に苦しめられている』と嘆いて救いを求めるのがいいか。『エレクトラ』でなければ救ってもらえるはずだと思った。

ハリードが帰ってくる前にただの平民として教会に入るのもいい。

いわゆる修道院入りに近いものだ。教会に一時的な保護を求める。

「……そうね。それがいいかもしれない」

『聖女』リヴィアの持ち上げがあるため、おそらく『敵』は教会の上層部などにいると思うのだがなんとなく、それだけではない予感も強かった。

『男爵夫人エレクトラ』の失踪とタイミングをズラせば、いわゆる『灯台の下が一番暗い』という諺《ことわざ》に似たことになる気がする。それなら上手く『何者か』から姿を隠せるだろう。

……そうして。

エレクトラは表向きの『男爵夫人が姿を消した』タイミングを侍従長たちの協力の下で遅らせて。自身は平民の『エレン』を名乗り、教会に保護を求めたのだった。


辺境でハリードと出会って恋仲となり、『聖女』と評されるようになった少女、リヴィア。

幼い頃に教会に預けられた彼女は、ファーマソン公爵と平民の間に生まれた子供だった。

リヴィアの母は美しい人で、公爵は妻に隠れて彼女を抱き、子供を産ませたのだ。

生憎とリヴィアの母は産後の肥立ちが悪く、リヴィアを産んですぐに亡くなってしまった。

ファーマソン公爵は庶子のリヴィアを引き取ることも出来ず、教会に預けるしかなかった。

そして公爵はずっと隠れてリヴィアの面倒を見てきた。公爵夫人である妻の目もあり、表立った援助は出来なかったが……。そんなリヴィアは教会で育ち、治療魔法を覚えて治療士として働くようになった。ファーマソン公爵は、いつか娘としてリヴィアを引き取りたいと願いつつもその願いが叶うことはないとも諦めていた。だが、リヴィアが戦場の後衛部隊に参加し、負傷者の治療を担うと知った。『そんな危ない場所に』と憤り、公爵は詳しくリヴィアの状況を調べさせる。

すると彼女が一人の騎士に恋心を抱いていることを知った。相手はただの男爵だ。

だが、騎士としての腕は見込みがあった。ファーマソン公爵は今までリヴィアを公爵令嬢として養うことが出来なかったことに罪悪感を覚えていた。

――だから。娘の恋路と。その立場を今こそ引き上げてやるために。公爵は動くことにした。

まず娘が恋した相手である男を調べ上げた。相手の名はハリード・カールソン。ただの男爵。公爵はハリードに特別な剣を与えた。魔法の力が込められた、魔獣に有効な攻撃を与えられる『魔剣』だ。公爵家の財力でなければ手に入れることは出来ないほどの高価な剣。

間違ってもただの男爵に過ぎないハリードが手に入れることは出来なかったはずの剣だった。

そして二人の評判を出来るだけ引き上げ、功績と共にハリードの陞爵をさせるように動いた。

当然リヴィアのことも『聖女』と持て囃す。多くの民がリヴィアのことを聖女として認めれば、いつか娘として迎えることも出来るかもしれない。そういったことを考えて動いた。

更に教会の一部とも結託する。公爵の意向に従う者を始め、今まで賄賂などのやり取りをし、互いに優遇措置を取ってきた者たち。『聖女』の出現によって利益があると判断した者たちだ。彼らの協力の下、リヴィアを『聖女』として、よりいっそう盛り立てることが出来た。後の問題はハリードの妻だけだった。

調べた結果、二人は結婚式さえも挙げておらず、更に白い結婚だと知られている。ハリードとその妻がどのような仲かは分からないが、その妻がリヴィアの幸せの邪魔者であるのは変わりない。

ファーマソン公爵は教会の協力を得てハリードの妻、エレクトラの評判を落とそうとした。

公爵にとって男爵夫人で元・子爵令嬢など気に掛ける必要を感じない相手だ。

だが、その思惑は中々上手くはいかなかった。いくつかの案は対処されてしまい不発に終わった。

彼女の実家であるヴェント家もそうだ。公爵が用意した工作員に対応し、エレクトラの悪評を抑え込んだ。裏工作をそこまで苛烈にするにはリスクが高い。娘が嫁ぐ家そのものを陥れることは出来ず、その妻の評判だけを貶めたかった故に事が小さくなり、すべて対応されてしまった。

公爵としては業腹だったが……。肝心のハリードはリヴィアに惚《ほ》れ込んでいる様子だという。

ハリードの妻の評価が落ちずとも離縁し、リヴィアを望むのは確実だと聞いた。

「ハ……。一端《いっぱし》の貴族だったということか」

様々な工作を乗り切った男爵夫人に苛立ちを感じながら、それでも娘に女として負けて、惨めに離縁されるのだと思えば公爵の苛立ちも収まるのだった。


エレクトラたちが結婚してから二年ほど。ハリードが辺境から領地へ帰還する一ヶ月ほど前に、エレクトラはカールソン家の屋敷を出ていたようだ。

ハリードはエレクトラと離縁するつもりだった。だから既に自身の名が書かれた離縁状を用意してから帰ってきたのだ。この離縁状にエレクトラが名を書けば、それで終わり。そう思っていた。

だが、ハリードが家に帰った時に妻は既に家に居なかった。それどころかそこにはエレクトラの名が書かれた、彼女の用意した離縁状があった。ハリードの不貞に怒りを感じ、別れを告げる手紙と共に。己が妻を捨てるつもりが先に妻に捨てられていた、と強く主張するように。

「旦那様、こちらの離縁状にサインをなさってください」

侍従長サイードに促され、差し出されたのは自分が用意した離縁状ではなく、エレクトラが彼女のサインをしたものだ。

ハリードが用意していた離縁状は彼の服の中に入ったままなのだから当然と言える。

「……書かないのですか？」

「本人が居ないのに書くものではないだろう！　そのサインも偽物かもしれない！」

「ご本人様のサインですよ。我々使用人の目の前で記入されました。この屋敷で働く我ら全員をお疑いですか？　旦那様」

「……なんだと⁉」

ハリードはよりいっそう苛立ちを覚えた。なぜ、自分が主張することを事前に予期していたように対策しているのか。

「お前、誰が主人か分かっているのか？　お前を雇っているのは俺だぞ！」

「……それはつまり何をおっしゃりたいのですか？」

「俺の望むように動くべきだということだ！」

「……旦那様の望むように、ですか」

「そうだ！」

「……であればやはり離縁状を書いていただき、責任をもって役所へ提出に向かうのが、旦那様のご意向かと思いますが」

「なっ、それのどこが……！」

「応接室で今も待たれている女性。彼女と結ばれたいのではないのですか？」

「そ、それは……！」

その通りだった。ハリードは今日、エレクトラと離縁し、リヴィアと結ばれるつもりだったのだ。

ただ離縁はハリードから言い出すはずで、エレクトラはそれを聞いて泣き縋るはずで。

間違ってもこのような愚弄される形で、己が捨てられるような形での離縁ではなかった。

「旦那様は、どうされたいですか？　あちらのご令嬢、リヴィア様と申されましたか。彼女も旦那様と結ばれるおつもりだったのなら、こちらの離縁状を速やかに記入し提出するのが『彼女への』誠実な対応だと思います。それとも、あの女性は愛人にでもされるつもりで、エレクトラ様への顔見せがしたかったのですか？」

「ち、違う……」

そうだ。この離縁状を書いてすぐに出す。それで終わりだ。元からそうするつもりだったのだ。ただ何か納得が出来ない。苛立ちを覚える。このままでは腹が立つ、と。それだけ……。

「旦那様、罪の意識があるのですか？」

「……罪、だと？」

「不貞は罪と言えるでしょう」

「そんなこと！　俺は確かにリヴィアを愛していて……！」

「愛は免罪符にならないと思います。そのような考えでエレクトラ様と離縁をなさったと他の貴族の方々の前でも堂々とおっしゃるのですか？　私は旦那様の方が失望されると思います」

「ぐっ……！」

その後も侍従長とハリードのやり取りは続いた。だが話せば話すほどハリードは格好がつかず、無様を晒すだけだった。その様子を見ている使用人たちからの評価もどんどん下がっていく。

「旦那様の今の態度をあちらのご令嬢に真摯にお伝えした方がよろしいでしょうか。こうも離縁を悩むのですから、きっとそれが彼女のためでもありましょう」

「やめろ！　……くそ！　書けばいいんだろう！」

まったく思った形ではないが、ハリードはエレクトラが用意した離縁状にサインをする羽目になってしまった。サインを確認した侍従長サイードは記入された離縁状を受け取る。

「ご自分で役所に提出されに行きますか？　私には奥様の代理人として委任状がありますので提出が可能ですが」

「……なぜ、そんなものまで受け取っているんだ」

「エレクトラ様がご準備されていたことですから」

何もかも見透かされたような用意周到さにハリードは嫌な気分になるばかりだった。


そしてエレクトラと離縁し、改めてリヴィアと婚約することになったハリード。

「ハリード様」

「あ、ああ、リヴィア。いや、気にしないでくれ。エレクトラとは無事に離縁出来そうだ。君にも迷惑を掛けずに済みそうだよ」

「……奥様とは会えないのですか？」

「ああ、彼女は既に一ヶ月前に家を出たらしい」

「……そう。私、奥様に謝りたかったのに。今どこにいらっしゃるの？」

「どこ？　いや、それは……。サイード？　エレクトラは今どこにいるんだ」

「存じ上げません。奥様は行き先をあえて我々に伝えずに屋敷を去りましたから」

「……無責任だな！」

思わずそう不満を漏らしてしまうが、ハリードが喋《しゃべ》る度にそれを聞く使用人たちの温度が更に冷え込んでいった。

「ねぇ、でも心配でしょう？　捜してあげるべきじゃないかしら、ハリード様」

「そう、だな。心配だからな……。サイード、エレクトラを捜してくれ。離縁するのは仕方ないが俺たちは夫婦だったんだ。最後に話もせずになんておかしいだろう」

「……かしこまりました、旦那様」

侍従長にエレクトラの捜索を委ねるハリード。その後は気を取り直すようにリヴィアと過ごした。そんな彼らを見る使用人たちは深い失望を抱くしかなかった。

「……侍従長」

「ああ、そうだな。所詮、不倫をする者の考えなどおかしくて当然なのだろう」

「エレクトラ様が事前に皆の分の紹介状を用意していなかったらと思うと恐ろしいです」

「……そうだな」

侍従長サイードは思う。あの様子では気に入らない使用人に解雇を突きつけるのは時間の問題だろう、と。しかし二年間、この屋敷で過ごしていた者たちは既に全員がエレクトラの用意した紹介状を持っている。再就職先に困ることはないだろう。彼女はいつでも使用人たちが逃げられるようにしていたのだ。随分と前からこのようなことになるのが分かっていたかのように。

「あのリヴィアという女性。わざわざエレクトラ様を捜し出そうとするなんて嫌な予感がするのですけど」

「……そう、だな。俺も何か嫌な感じだと思ったよ。侍女長から見てもそうなのか？」

「はい」

「どういう意図だと思う？」

「……深い企みがあるかは分かりません。ただ少なくともあの方は、エレクトラ様に対して勝ち誇りたかったのではないでしょうか？」

「勝ち誇る？」

「ええ、その。女性として選ばれた、愛された、ということをです。何か大きな企みがあるというよりはどこか浅はかな印象を受けました」

「……そうか。ならエレクトラ様には会わせたくないな」

「はい、そうですね」

「今すぐ逃げることも出来ない。旦那様がきちんと領民のことを考えているのなら……如何に思うところがあったとしても我らはお仕えしよう」

「……はい。領民たちの幸せはエレクトラ様が願われたことですから」

こうして、エレクトラとハリードは離縁に至ったのだった。

四章　教会のエレン

「ゆっくり息を吸って、ゆっくり吐いて……落ち着いてくださいね」

私は、横たわる人物に対して手を翳す。そして意識を集中すると、ふわりと温かな光が溢れ出した。……治療魔法。主に神に仕える教会の者が使う魔法だ。私にはその才能があった。

下位貴族とはいえ貴族令嬢として育った私はこういう直接的な奉仕活動に縁がなかった。

だから己の才能について今まで知らなかった。

「はい、終わりました。どうですか？」

「ああ……、随分と楽になりました。ありがとうございます、シスター」

シスターというのは厳密な役職ではない。でもまぁ、大雑把な括《くく》りで言えば今の私はシスターか。

そう。今の私は……教会でシスターとして働いていた。

「はい、ではお大事に。しばらくは安静になさってくださいね」

こうして治療魔法を使える者として日々の職務をこなしている私。存外悪くない日々だと思っている。どうにも性に合っている気がした。

「エレン、終わった？　お昼の準備を始めるわよ」

「ええ、終わったわ、アンジェラ」

アンジェラは教会で一緒に働くシスター仲間。そして私のルームメイトだ。シスターとして働いて教会に保護されている私たちは、個室ではなく二人で一つの部屋をシェアしている。ルームシェアもとても新鮮な経験だった。

「じゃあ、一緒に行きましょうか、エレン」

「そうね、行きましょう、アンジェラ」

エレン。それが今の私が名乗る名前だった。

不貞を犯した旦那に追い出された哀れな『平民』の女、エレンだ。もちろんカールソン男爵領やヴェント子爵領からは離れた教会にいる。私、エレクトラ・ヴェントは元夫に離縁状を残した後、教会に保護を求めたのだ。そして私は『エレン』を名乗った。

何者かが私に対して悪意を抱いていると当たりをつけ、それは教会関係者も加担している。あくまで推測に過ぎないことだが、おそらく確実なことだろう。けれど私はあえて教会に保護を求めた。バレないように潜伏して敵の正体を少しでも知っておきたいという思惑もある。

もちろん大きな危険を冒してまで調査をする気などはない。始めは上手くいくかとドキドキしたものだけど、今ではすっかりと溶け込めていると思う。

おそらく私を陥れようとした何者かの悪意は教会全体にあるわけではないのだろう。ごく一部の教会の人間が関わっているだけ。だから一連の問題とは無関係の人々は私にとってただ優しく、ここは居心地のいい場所でしかなかった。

それどころか治療魔法の才能を見いだされ、人々の助けになる内に、今ではこれが自分の天職なのでは、などと思うほどだ。正直に言ってここでの日々は充実していた。例の『何者』かがもう私に興味もないというのならそれでいいと思う。だって、あのままハリード様の妻であった方がきっと私は不幸せだっただろうから。今ではこうなって良かったとすら思っているのよ。

「さぁ、お昼を食べたらまたお仕事ね！」

元気良くシスター仲間にそう笑い掛け、私は今日も平穏に生きていくのだった。

ヴェント子爵家に生まれた私は他家との家風の違いこそあれ、典型的な貴族令嬢だった。だからハリード様との政略結婚だって粛々と受け入れていた。それに不満だってなかったの。不安は多少あったかもしれないけれどね。それでも殊更に政略結婚を拒絶してはいなかった。

実家であるヴェント家はなんというか子供の教育に文武両道を求める家だった。貴族としての勉学だけでなく武芸方面の鍛錬も課す家風だ。それは、たとえ女性であってもそうで。私もベルトマスお兄様と一緒に剣の鍛錬をしていた時期がある。でも私には武芸方面の才能はなかったみたい。ある程度の年齢になった辺りから適度な運動へと切り替わり、鍛錬らしきことはしなくなった。それでも他家の貴族令嬢よりは武芸方面に関しては理解が深くなったと思う。そういう面もあり、騎士でもあったハリード様との婚約理由になったのかもね。まぁ、一番の理由は領地が隣り合っていたからだとは思うけど。

そうして政略結婚をすることになった私と彼。たぶん、互いに深い愛情などなかった。お互いにだ。それでも私は彼の子供を出産する覚悟があった。だって、それが貴族というものだ。だからといって別の相手への愛によってすべてを蔑ろにされる筋合いはない。だからハリード様との離縁は順当だと思っている。本当なら家も含めてもっと話し合いが必要だったのだろう。でも。

それにはやっぱり『何者か』の存在が懸念材料となった。だからこそ私はこうして名前を偽って、教会に逃げ込んだのだけど……。

「意外にこの生活、合っているのよねぇ」

自分でも思っていなかった。治療魔法に適性があったことだけではない。ここに来て感じるのは、そう。『解放感』だろうか。今までの私はなんだかんだと『役割』の中で生きてきた。

貴族令嬢として生まれ、政略結婚をして。離縁するまでは領民や使用人たちの生活を守るために領地経営をしてきた。そこに不満があったワケではない。でも。

自分の力が人の役に立つのであっても、もっと自発的にしているような。生まれながらに与えられた役割にただ従うのではなく。自らの力で『こうなりたい』を体現し始めている……気がした。

まだ私には『夢』なんてものはないけれど。貴族であることから離れてこうして暮らしていけば……或いは。予知とは違う、そんな『予感』を感じていたのだ。

「ん！」

見上げれば空はいい天気。未来が明るいような気分になる。

そうして私は教会でシスターとして活動するのだ。シスター・エレンとして、ね。


そんな風に教会で過ごしている内に、私が元夫と離縁してから既に半年ほどが過ぎていた。仮にあのまま男爵家で過ごしていたとしても離縁が成立していただろうな。離縁するにしても残って話し合えば良かったのか。そう悩む時もあった。でもなぜだろう？　私は彼とその浮気相手と会話が成立するとはどうしても思えなかったのだ。浮気相手の女性に至ってはどんな人柄かも知らないというのに。

私は半年経った今も彼らに見つかってはいない。彼らが、もし私を捜そうとしたとしても、出て行く前に撹乱情報を撒《ま》いておいた。使用人たちに協力してもらい、四方八方に『男爵夫人エレクトラがあちらに向かった』と流してもらったのだ。仮に目撃証言から行き先を洗い出そうとしても大量の誤情報から明後日の場所を捜すことになるはずだ。

……どうしてそこまでしたのか。自分でもなぜだかよく分からない。

思えばあの予知夢を見た時から、ずっとこの感覚は続いている気がする。もちろん悪意ある何者かを警戒していたのもあるけれど。私は元夫と浮気相手に間違っても関わりたくなかったのだ。

……そして私は彼らが私を捜そうとするだろうと思った。不貞を犯しておきながら善人面をして。正義面をして。離縁するのは変わりなく、絶対に別れるつもりのくせに。かといって慰謝料を用意するとか、誠実に謝るとか、そんなことをする考えすらもない。

何が目的かというと自身らの『愛』とやらを私に見せつけ、語りたいだけ。

それだけのために私を捜そうとする……。気色が悪くて、きっと関わるだけ損をするだろう。

「……どうして、こう思うのかな？」

あまりに根拠が乏しいことである。それなのになぜだか私は確信しているのだ。

だから私は彼らから逃げて隠れた。誤情報をばら撒き、見つからないように策を打った。

「はぁ……」

我ながら自身の徹底ぶりが理解出来なかった。

——私は、また『夢』を見ていた。

（あ……、これは）

それがあの予知夢であることはすぐに理解出来た。ただかつてのそれとは違って、どこか当事者感が薄れ、目の前で繰り広げられる演劇を観《み》るような感覚だった。

『エレクトラ、すまない。俺は、リヴィアを愛してしまったんだ。だから君とは離縁する』

『え……？』

戦地から二年ぶりに帰ってきた夫が告げた言葉に絶句する私。理解なんて追いつくはずもなく。また受け入れられるはずもなかった。内心では大きく取り乱している。でも、そこで泣き縋ることすら出来ないほど、彼から告げられた言葉が本当に意味不明だったのだ。少なくとも『夢の中の私』はそう感じている。

『……何を言っているの？』

『君とは離縁する。俺は愛する人に出会ったんだ』

『……話には聞いています。ですが、そういうことではありません』

既に戦場で英雄と持て囃された夫とそのパートナーのように言われている女のことは知っていた。夢の中の私もそのようだった。

『ごめんなさい、奥様！』

私と彼との話し合いに平然と割って入ったのはその女だ。

『私が彼を愛したばかりに……！』

そこからは聞くに耐えないし、見るのも耐えないものだった。意味が分からない。

そして何よりも今するべき話は愛とか、そういうくだらないことではないはずだ。思うに彼らは私を人間として扱う気がない様子だった。だから付き合っていられないと思った。

『勝手にやっていろ』と急速に心が冷えていく感覚。さっさと出ていこうとする私。その場にいるより、彼らと関わるより、路頭に迷った方がマシだと思えた。

私にとっても彼らは人間ではなかったのだ。話すだけで不快なバケモノの類だと感じた。『私』は出来るだけ表情を凍りつかせ、冷静でいるように心掛けた。そして彼らから吐き出される言葉を可能な限り聞かないようにした。それでもなお、不快な言い分や言葉が漏れ聞こえたと思う。

懸命に聞き流し、無視をして家を出る準備を始める私。

結婚式も挙げず、純潔だけ奪われて。

せめてもの救いが、子供が出来なかったことだけ。きっと子供が出来ていたとしてもあの男に奪われていたに違いない。彼らに育てられる子供が幸せに生きられるとは到底思えなかった。

彼らの間に子供が出来れば、その子が優先されるに違いないから。

きっと飼い殺しにされた上、実の母の私を恨むように育てられただろう。だから彼との間に子供が出来なかったことがこの二年間で最も恵まれた幸運だった。そしてカールソン男爵家を出ていく私。見送りはない。時折現れている私の偽者のせいで私の評判は落ちぶれ、使用人たちに迷惑を掛けていた。

ようやく苦難の日々が終わったとさえ思われていただろう。実家にも迷惑を掛けたと聞いていた。そんな状況で私に行く宛てなどあるはずもなく……。『夢の中の私』は近くの教会に保護を求めた。そう。近くの教会だ。『現実の私』はカールソン領やヴェント領からは離れた教会に身を寄せている。でも夢の中の私は遠くまではいかなかった。それが悪かったのだろう。私の悪評を知る人々からの扱いは、教会でも良くなかったのだ。

一体、私が何をしたというのか。二年間、夫の居ない領地をどうにか守ってきたはずだ。それがなぜこんな目に遭わなければならないのか。辛《つら》い日々は続いた。夢の中でどれだけの時間が流れたのか。そこで教会で暮らす私の下に元夫からの手紙が届く。

今更に手紙が届く自体、理解不能だったが、その内容も絶句するようなものだった。領地運営に困っているから勝手を知る私を雇う、という内容だ。謝罪などはなく、どこか恩着せがましいと感じる内容だった。元夫は、そこまで無能だっただろうか？　領地運営を失敗するほどではなかったはず。それに侍従長のサイードが居れば、いくら無能な人物でも男爵領程度の領地運営に失敗することとは……。そう思ってその原因が二つほど浮かぶ。

一つは妻となった女や元夫が無計画に散財をしている可能性。もう一つは侍従長を始め、有能な使用人たちを彼らが解雇してしまった可能性だ。不貞を悪びれず、謝らず、押し通すような人物たちが、真っ当な意見を言う使用人たちに耐えられるとは思えなかった。きっとカールソン男爵家は危機に瀕《ひん》している。立て直すには私が必要なのだろう。そうしなければ領民が犠牲になる。

そこまで推測出来た。だが、私はそこまでお人好《ひとよ》しにはなれなかった。だから手紙は無視した。

不穏な気配を感じたのはその後だ。私は何者かに監視されていると感じた。

だから教会から逃げた。そうすると案の定、追いかけてくる者が居た。捕まりたくなくて、必死に逃げて、やがて私は追い詰められて。連日の雨で激流となっていた川に私は身を投じて――

「……はっ！」

そして『現実の私』は飛び起きた。夢から覚めたのだ。

私が居たのは教会にあるシスター用の質素なベッドの上だった。ここは現実だ。

「はぁ……はぁ……」

カールソン領からは離れた教会であり、私に良くしてくれる人たちに恵まれた場所。

私は、またあの予知夢を見ていたのだ。……いや。

「予知……？」

予知ではない。だって、あの光景は『未来』ではないだろう。

私が辿らなかった、回避した『別の過去』そのものじゃないか。

「……はぁ」

まだ確信はない。でも私は、そうとは認識していないだけで、もしかしたら一度は……死んだ。

そんな気がした。


「どうかなー、どうなんだろう？」

はたして私は死んだのか。まったくその自覚はない。夢の中の私は、かなり不幸な人生を送ったらしい。でも、それが今の私そのものなのかは、はっきりしない。

目覚めた上で言うなら、やはりアレは『夢』でしかないと感じる。他人事《ひとごと》とまでは言わないけれど。とにかく実感は湧かなかった。だけど強く『警告』としては受け取った。やはり彼らに会わずに家を出てきて正解だったのだ。もしも私が時間を『回帰』しているのなら納得出来る点もある。

それはこれまでの自身の立ち回りだ。いくらなんでも領地に現れた『偽・男爵夫人』を予見するほど私は優秀な推理力など持っていない。でも私はあれらを防ぐことが出来た。

私の偽者を用意し、悪評を吹聴し、陥れて。私が管理している間のカールソン男爵領の状況を悪化させ、実家のヴェント家までも貶める。それらのことを予知夢とそれまでの状況だけで推理出来た理由。それはかつての私が経験したことだったから。そう。私が時間を回帰して……？

私が見たのは『予知』ではなく時間を遡っての実体験だった、と。

……うん。意外と、しっくりくる説明だ。私自身が納得出来る。

突然、推理力が跳ね上がったと言われるより、偽者が現れて私の評判を貶めたり、夫から突然の離縁をされたり。実は、かつて同じ経験をしていたからだったのだと言われた方が納得出来る。

他の立ち回りもそうだろう。元夫と浮気相手とは話し合う余地などないと断じたこと。使用人や領民の生活に対する保障を、二年間で逃げるため、隠れるための作戦を徹底したこと。

頑張れたこと。戦場から届く一報に冷静な気持ちで対処出来たこともそうだ。

きっと本来なら悲しみや困惑、絶望に囚《とら》われつつ悪意に追い詰められながら私は二年間暮らしていたはずだった。でなければ、そう。でなければ。

「——突然、離縁を突きつけられた妻に一体何が出来るのか」

きっとどうにか生きていくだけで精一杯だったはずだ。そして先程見た夢の中で庇護《ひご》を求めたらしいカールソン領の教会も最悪だった。現実で助けを求めた今の私が暮らしている教会とは大違いだ。カールソン領の教会には既に『何者か』の息が掛かっていたのかもしれない。

……あ。だから私は今まで強く教会を疑っていたのかも。そういうことなの？

「エレン？　大丈夫？」

「アンジェラ……、ごめん、起こしちゃった？」

「ううん、起きてたから。エレン、うなされてたよ」

「ちょっと気分の悪い夢を見てしまって」

「具合が悪いの？」

「……ううん、それは平気」

「無理したらダメよ、貴方は頑張り過ぎるところがあるみたいだし」

「そんなこと……」

「あるよー、この前なんか……」

シスター仲間のアンジェラとの他愛《たわい》もない会話。でもそこに悪意はない。気遣い、優しさ、信頼。人間としての温《ぬく》もりのある会話だ。使用人や領民たちと築いてきたものと同じ。

……うん。世の中、そして教会も。嫌な人ばかりではない。そう感じて気分が楽になったわ。

さて、それで。これから、どうしようかな？

意外と教会での生活は私の性に合っている。なので、ここで暮らすことは苦ではない。

それに治療魔法の才能もあると分かったし、この才能を活《い》かすならばやっぱり教会だろう。

予知夢が予知夢ではなく回帰する前の記憶だとしたら。私がこれ以上の未来を予見して、破滅を華麗に回避することは難しいだろう。出来ることがあるとすれば想像することだ。

まずカールソン男爵家のその後。夢の中ではどうも領地運営が上手くいっていない様子で、そのために私を捜していた。きっと私に仕事をさせようと考えたのだろう。

現実では使用人たちには紹介状を用意し、彼らが不当に解雇されても困らないように準備した。備蓄食料を守ったように領民に実害が及ばぬよう未然に対策してある。だから、よほどのことをしない限りすぐに困窮することはないはずだ。でも使用人たちと元夫との軋轢《あつれき》は深まったかもしれない。所詮、『ただの不貞』に過ぎないことを意識させたし、そんな元夫のことよりも使用人たちのことを考えて過ごした。

「……遅かれ早かれ」

元夫は上手くいかなくなるのではないだろうか。別にそうなることを望むワケではない。

もはや無関係なのだから勝手に生きていってくれればいい。

問題は家が傾き始めた時に、あろうことか離縁した私に尻拭いをさせようと考えることだ。

夢の中の彼らはそういう意味不明な思考回路をしていた。現実の彼らもそうなら、いずれは。今いる教会は安全だろうか。忘れた頃にやってくるのもそれはそれで怖いのだが。私なりに居場所を突き止められないように策は打っておいた。実家には、しばらく私が居たように見せ掛けてもらっている。それだけでなく、さも定期的に私が実家に出入りしているとか手紙のやり取りをしている風に偽装してもらった。お兄様とお兄様の妻が意外とそういうことが好きで快諾してくれたのよ。

私を捜そうとすると、多くの誤った情報を掴む上、実家に匿《かくま》われていると思い込むのだ。

もちろん本当はそこに居ないのだから自分たちの安全を最優先にとは伝えている。

「……うん。家から足取りを追って私に辿り着くのは難しいと思う」

今の私自身に繋がる手掛かりを残さないため、しばらくは実家とのやり取りも断っていた。

素人《しろうと》の考えた作戦に過ぎず、追跡のプロが探ればそうでもないのかもだけど。

あの家を離れてから既に半年ほどが過ぎている。夢で見た内容と照らし合わせて考えて……。

私から大きく動くよりもこのまま『エレン』として教会で大人しく過ごし、怪しまれないように情報収集して現状を把握するのがベストだろうか。

「まだしばらくは潜伏ね」

私の人生それでいいのか？　という疑問も浮かぶのだけど。意外とシスターとして過ごすことも悪くなければ治療魔法の才能を活かして人々を癒やす日々は充実しているもの。

……結婚はダメだったけど。それ以外はまぁ及第点。うん。まぁ、離縁した女ですから。おひとり様での充実した人生を見つけていきましょう。

そう思っていた私に思いがけない転機が訪れることになった。


私が身を寄せている教会の司祭様に呼ばれて彼の部屋に入ると、そこには客人が居た。

「エレン、君に提案があるんだ」

「はい、リューズ神父」

着席を促されて私は座る。客人は男性で、私と目が合うと礼儀正しく頭を下げてくれた。

銀色の短い髪に青い瞳をした精悍な男性。見惚《みと》れてしまうほどとまでは言わないけれど、容姿は整っている方だろう。少なくとも私の目にはとても好印象に映った。

「こちらの男性はリシャール・クラウディウス卿《きょう》。騎士様だね」

「……はじめまして、シスター・エレン」

「こちらこそ、はじめまして、クラウディウス卿」

彼が礼儀正しく礼をするので、私もそれに対応して礼を返した。やはり好印象だと感じる。

爽やかな印象のある顔立ちなのだけど。その表情に少しだけ影があることが気になった。

「エレン。実は、君に彼と共に辺境に新設された教会へ行ってもらえないだろうかと思ってね」

「辺境の教会ですか？」

辺境と聞くと思い浮かぶのは元夫のハリード様が二年も戦っていた地だ。

「ああ、君も耳にしたことはあるだろうが最近まで大規模な魔獣との戦いを繰り広げていた地だ」

あ、やはりそこの話なのね。グランドラ辺境伯領。魔獣災害の起きた地。

「以前までは他領から派遣された者たちで戦線を支えていたらしい。だが、防壁が建造されたことで余裕が生まれ、派遣された者たちは引き上げていった」

「はい。それは私も聞いたことがあります」

「だが、完全に人員が居なくなるのも困るらしい。そこであの地で新たに『移住』してくれる者を求めているんだ」

「移住……ですか」

つまり、今いるこの教会から辺境の教会へ移って欲しい、と。

「辺境が人員を求めているのは分かりましたが……。なぜ私に？」

「エレンの治療魔法の才能は私の見る限りでだが、かなりのものだ」

「そう、ですか？」

自分ではどうとは評価し難いものだけど。

「ああ。他にも治療魔法を使える者はいるが、まず効きが違う。治療魔法の出力というものをあまり意識したことはなかったが……。おそらく突出して強力だと思う。それに君は数をこなしても魔力が尽きていないだろう？　たぶん魔力量も他の者より多いのだと思う」

そう言われるとアンジェラと一緒に治療を開始し始めた時、彼女の方が先に魔力が尽きていた。

対して私はまだ余裕があるような状態で一日の仕事を終えられていた。

「それはそうかもしれませんね」

「それに君自身の評価も高いんだ。すぐに仕事を覚えたし、人当たりもいいからね」

「あ、ありがとうございます。リューズ神父」

なんだかそう褒められると照れてしまうわね。

「もちろん、この教会に居てくれると助かるんだが……君は、もっと求められる場所に居た方がいい、と。そう思っていてね」

「……ありがとうございます。至らぬ身ながら真剣にやってきただけではありますが。そのようにリューズ神父に評価していただけて、私も嬉しく思います」

私の言葉にリューズ神父は、うんうんと頷《うなず》く。

ちなみに。治療魔法が求められるのは、いわゆる『外傷』がメインだ。

多少の内科的な効果も見込めるものの、それらはどちらかと言えば『薬師』の領分となる。

つまり治療魔法を使う治療士が最も求められるのは外傷などの怪我が多発する場所。

例えば騎士団を抱えている領地とか戦場に近い場所なのだ。

私には意外なことに治療魔法の適性、才能があった。だからこそ今回の話ということなのね。

「そちらの方、クラウディウス卿と共に、というのは？」

「女性一人で辺境まで移動させるワケにもいかないだろう？　だから、かの地へ向かう予定の彼と一緒に、とね」

つまりクラウディウス卿は護衛か。魔獣との戦いを二年も繰り広げた辺境、グランドラ辺境伯家。

……元夫ハリード様が二年も戦い続け、英雄と呼ばれ、そして不貞相手を見つけた地。如何にも因縁めいているけれど、今の私をそこに向かわせることに誰かの悪意があるとは思えない。だって今、私が嫌な思いをする場所は間違いなくカールソン男爵領の方だろう。

元夫たちが去った後の辺境なら、むしろ安全地帯？　すぐに彼らが舞い戻ってくるとは思えないし。何年かした後の記念にハリード様たちが訪れるとかならあるかも……？　うーん。

「……ただ」

「はい」

「実は、クラウディウス卿だが、護衛の役割は十全に果たせないかもしれない」

「え？　それは一体、どういうことですか？」

私は首を傾《かし》げた。

「……実は」

そこで当のクラウディウス卿が申し訳なさそうに前に歩み出て、衣服をはだけさせた。

その表情はやはり暗い影が差しているように感じる。私に向けられた悪感情ではない。

何だろうと思って見たのだけど、私はすぐに気付いた。彼の右腕には大きな傷が出来ていたのだ。

そこで彼の表情とリューズ神父の言葉の意味を察する。

「利き腕の腱がやられてしまいまして……」

「まぁ、大変ですわ。一体なぜ。もしや魔獣との戦いで？」

「いえ、そうではないのですが……」

私は傷ついた彼の腕を見た。傷口は既に塞がっているが残っている。つまり、魔法による治療をすぐに受けられなかったのだろう。治療魔法というが万能ではない。いわゆる『古傷』を治すのは難しいのだ。だけど見るにクラウディウス卿はまだ若く見える。もちろん状況によるので何とも言えないが、治療を受けられない場所で大怪我を負ってしまったのだろうか。

「実は真剣を使った模擬戦闘で……つまり鍛錬の最中に負った怪我なのです」

「まぁ……」

そう言われると剣による切り傷にも見えるわ。お可哀想《かわいそう》に。

「この腕では辺境に赴かれても騎士として戦うのは厳しいのではありませんか？」

「……分かっています。ですが元居た騎士団も解雇となってしまいまして」

「解雇⁉」

騎士が怪我を負ってしまうのは、ある意味で仕方ないことだ。

そして戦力にならないと言うのならば騎士である意味も。だけど解雇というのは……。

「手当てはいただきましたが、どうにか自分もこれから生きていかねばなりません。それで……」

「辺境での『移住』募集ならば、と？」

「ええ。声掛けは行われているのですが、まだ多く集まってはいないらしいですから。可能性はあるものかと」

元々かの地に派遣されていた人々は王命による強制招集だった。思うところがあった騎士も居ただろうし、気が進まぬまま領地を離れざるを得なかった下位貴族も多いだろう。なので、かつて集まっていた人員がまた来てくれる可能性は低い。むしろもう行きたくないと思っていても不思議ではない、かも？

なにせ、今度の話は誰の命令でもないのだ。私にまで話が来たのも方々に話を回した結果、偶然……程度のものだと思う。利き腕が動かせなくても、それなりに戦える騎士ならば、もしかしたら、と。そういう風に考えられたのね。私はクラウディウス卿の右腕を見つめる。

「どうされましたか？　シスター・エレン」

「いえ、その……」

見るに彼の身体はとても鍛えられている。それに立ち居振る舞いからかなり、なんというのだろう。『雰囲気』があると言うべきか。

「……クラウディウス卿は元々の騎士としての腕前はどれほどだったのでしょう？」

「え？」

「あ、申し訳ございません。ただ気になったもので。利き腕が動かせなくなっても騎士として働ける。そう思われているほどに腕に自信があった、と。いえ、貶すつもりはないのですが！」

「ああ、気にしなくていいですよ。ただ純粋に疑問に思われたのですね。しかし腕前ですか……。自分の口から言うのは」

そうよね。言い辛いわよね。正確に把握しているかも怪しいし。私、何を聞いているのよ。

「クラウディウス卿の腕は立つよ。むしろ所属していた騎士団では一番の腕前だったと言っていい」

「一番！」

「……リューズ神父、それは」

「本当のことだろう？　エレン、実はね。彼と私は遠い親戚なのだが……」

「そうだったのですか？」

「ああ。縁があったからこうして彼に教会へ滞在してもらうことになってね」

リューズ神父とクラウディウス卿は親戚、ね。貴族かもしれないわね、二人とも。

本人の今の身分はさておいて、身内に貴族が居そうな雰囲気だ。

「彼は、元々はファーマソン公爵家の騎士団に所属していたんだ」

「公爵家の騎士団ですか。それはまた」

同じ騎士でもかなりエリートだと思う。騎士職の花形と言える職場の一つに違いないわ。

もちろん一番は王宮騎士団に所属することだと思うけれど。同じ王族の血を引く公爵家の騎士団ならば、かなり名誉なことのはず。その騎士団で一番の実力者だった？　とても凄《すご》いことよ。

「まだお若いのに素晴らしいことです」

「ありがとうございます。今は失ってしまった名誉ですが、そう言ってもらえると誇らしいです」

優しく微笑み、そう返してくれるクラウディウス卿。その微笑みを受けて、実力者で……きっと女性にも困らなかったのだろうな、なんて思った。

「だが、彼の腕前に……嫉妬した騎士団長にこんな怪我を負わされてね」

「ええ……？」

お気の毒だけど！　そういう話を私に聞かせるのはどうなの。公爵家の騎士団の揉《も》め事？　彼は被害者のようだけど。

「もしかして王都から遠ざかりたいから辺境へ？」

「……実はそういう面もあります。中央では別の職業でも再就職が難しくて」

なんとまぁ。とにかく彼、リシャール・クラウディウス卿は『ワケあり』の騎士らしい。

だが、そんな彼が『護衛』か。旅路には不安が残る。そもそも今の私は『潜伏中』なのよね。

大人しくしていて見つからないのであればそれに越したことはない。……でも。

私にはどうやら治療魔法の才能がある。その才能を活かせる場に移るというのは悪くない話だ。

ずっと隠れて、ただ大人しくしているだけなのも納得がいかないものね。いつかは自由に充実した人生を送りたいという思いがある。ただ離縁しただけだったなら、きっと私は生家であるヴェント子爵家に帰り、子爵位を継がれたベルトマスお兄様や引退した両親の世話になり、また新たな政略結婚を改めて、と考えただろう。

でも今は『何者か』から悪意を向けられていると感じたから、実家に帰って迷惑を掛けることを避けて大人しくしていようと思っていた。だからこそグランドラ辺境伯領、か。

移動する先の選択肢としては悪くない気がする。きっと『何者か』だって想定外だと思うのだ。そもそもハリード様や浮気相手の女性から離れた今、もう私のことには興味がないかもしれない。

「……もう少し考えてからでもよろしいでしょうか？　リューズ神父、クラウディウス卿」

「もちろん構わないよ。すぐに移動する必要性はない。これはあくまで提案だからね」

「ありがとうございます。……二、三日中には答えを出させていただきます」

私はそう告げて二人に頭を下げ、部屋を出たのだった。

五章　リシャール・クラウディウス

「エレンは辺境へ移るの？」

「まだ決めていないの。でもリューズ神父からそういう話をもらったわ」

私はルームメイトのアンジェラに相談することにした。事情のすべては正確には話していないのだけど。でも一人で悩んで決断するには大きなことだったから。

「そっかぁ。でも確かにこの教会だと宝の持ち腐れかもしれないものね、エレンは」

「そこまでじゃないと思うけど」

「うーん、本人には自覚がないかもだけど。治療魔法を覚えるのってそれなりに大変なことなんだよ」

「……そうなの？」

あれ、私はそこまで苦労した覚えはないけどな。

「でも、エレンはあっさりと覚えてしまったよね。それはそれだけ才能があるってことだよ」

「……そうなのね」

確かに自分には適性があるとは知ったけれど。そうまで評価されるほど、か。

だとしたら私はもっと真剣に向き合うべきかもしれない。

「ねぇ、アンジェラ。少し話は変わるのだけど」

「なぁに？」

「……治療魔法で『古傷』って治せないのよね？」

「うーん」

私は辺境へ向かうというクラウディウス卿の『腕』について考えていた。

「痛みを和らげてあげることは出来るはず。でも古い傷を完治させるのは難しいっていうのが一般的だよ」

「そう、よね」

「何かあったの？」

「実は……」

私は同行する騎士の事情を公爵家のゴタゴタは抜きにして説明した。流石に内輪での揉め事自体を徒《いたずら》に広めるのはよろしくない。というか、そもそも私にも聞かせていい話ではなかったと思う。リューズ神父たちも誰かに愚痴を零して知ってもらいたかったのかもしれないけどね。

ああ、私もそうすれば良かったのかも。未《いま》だにどこか私の中に燻《くすぶ》っている感情はある。

いっそ無関係になってせいせいした思いもありながら、あの離縁の仕方に私はまだ納得出来ていなかった、と。別に元夫に未練があるワケでは断じてない。

仮に心底から愛していたとしても百年の恋だって冷めるだろう仕打ちだったのだ。私の場合は、むしろ『一発ぐらい殴ってから出ていく方が良かったかも』という心残りである。

ただ『悪意を持つ何者か』の存在を感じて安全策を取っただけで。

「そっか。そういう事情の人が……。でも怪我を負ってからそれほど経っていないのかな？」

「そこまでは聞いていないの。でも若い方だし、たぶん？　今後の生活に困り始めたのが最近ということだから……」

「じゃあ、そこまで昔の話じゃないのね。一括りに『古傷』と言ってもどの程度なのか。しっかり確かめたことはないわ」

「……つまり」

「その傷は本当に『治療が無理な古傷』なのか私には分からない」

「希望は捨てないでいい、ってことね」

「そう。『まだ』捨てないでいい、ぐらいかもしれないけど」

「ううん、納得した。確かにそうね。でも、やっぱり無理かもしれない治療をまた受けさせるのは負担かしら」

「リューズ神父に相談した方がいいよ」

「分かった、そうする。相談に乗ってくれてありがとう、アンジェラ」

私はさっそくクラウディウス卿の腕の再治療についてリューズ神父に相談することにした。


リューズ神父は難しい顔をする。

「気持ちはありがたいと思うけれど。公爵家お抱えの治療士に治療は受けた後だろうしなぁ」

「そうなのですか？　ですが、だったらあのような傷は彼の腕に残らないのでは？」

「それは……」

「あの、これは一介のシスター風情が口出しすることではないのですけど」

「何だい？　エレン」

「クラウディウス卿は騎士団内での揉め事、しかも相手は騎士団長？　という偉い人と揉めて怪我をしたのですよね？」

「ああ、そうだと聞いている」

「だったら意図的に治療をしなかった。或いは効果のない治療をさせた、とか。あるんじゃないでしょうか。だって相手が騎士団長で嫉妬ということなら彼の腕前を妬んだのでしょう？　なら彼が怪我をする前と同様に動けていたら『意味がない』のではないかと」

リューズ神父は私の言葉に少し驚いた顔をした。

「……そうだな。治療は受けたはずだが、その治療自体が『遅れた』とは聞いた。そのせいで今の状態までしか治らなかった、と。だが、そもそも治す気がなかった、か」

「あちらの人間関係や力関係までは把握出来ませんが可能性はありますよね？」

つまりクラウディウス卿は『まだ、まともに治療を受けていない』のだ。

一見すると治ったように見えるが、それは騎士として致命的な怪我のままで。

「私は治療魔法の才能があるとのこと。今から完治は難しくても痛みを和らげることは出来るかもしれません。同行していただくというのならクラウディウス卿に力を尽くしてからがいいかと」

『駄目で元々』というものだ。『治る見込み』の希望を抱かせて無駄だったとすると精神的に追い込むかもしれない。それが心配なところだけど。私たちは彼の下へ向かい、治療について話した。

骨が折れて歪《いびつ》な状態で……などの特殊な事例もあるけれど。概《おおむ》ね治療魔法をかけて損はない。

「……本当ですか？　ぜひ、お願いしたいです」

そうするとクラウディウス卿は再治療を快諾してくれた。

「ありがとうございます、私の思いつきに近い提案なのに受けてくださって」

「何をおっしゃるのですか。治療してもらうんですから感謝するのは私の方ですよ」

「その。もし治らなかったとしたら期待を裏切ってしまうようで申し訳ございません」

「……いいえ。そのようなことはありません。貴方のお気持ちだけでも嬉しいことですから」

気持ちだけでも。その言葉の裏にはやはり『期待』はないように思う。

それだけきっと彼の絶望は深いのだろう。当然か。騎士の利き腕が動かなくなったのだ。

……きちんと治してあげたいと思う、けど。やってみなければ分からない。

「では、さっそく。よろしくお願いします」

「はい、シスター・エレン。お願いします」

クラウディウス卿が上着を脱ぎ、上半身を晒した。右腕が動かせず脱ぎにくそうにしている。

改めて見ると鍛えられた肉体だ。腕が立つどころか元々の騎士団では一番だったという。

その姿に私は……治療のためだというのに気恥ずかしさを覚えた。

思えば、私は元夫であるハリード様との初夜を回避している。当然それまで、今も、私は純潔なワケで……。つまるところ私は『男性の肌』というものをこうも間近で見たことがない。

もちろん、お兄様など家族の肌ぐらいは見たことはあるのだけど。

なんというか、クラウディウス卿の身体はそれらとは別ものだった。

あ、でも。治療の際に男性の肌ぐらいは見たことはあるわ。そう、これも治療だから。

何も私が動じることはないはずだ、うん。治療してきた男性たちとも違うようにも思うけど。

むしろ注目すべき点は彼の肉体が賛美するほどに鍛え上げられていたことだろう。

きっと騎士としての彼は真面目《まじめ》に鍛錬を続けていたのだろうな。そんな彼が理不尽な理由で元居た場所を追い立てられて……。なんだか共感する部分もあった。だからこそ私は『慈愛』よりも『憤り』を感じた。『何がなんでも治してみせる』という意気込みで全魔力を集中する。

ほぼ八つ当たりのようなものだ。理不尽な目に遭う者が居て、許されていいはずがない。

このままにしておけるのか。そんなこと出来るはずがない、と。

「────！」

全力の魔力解放。滅多にこんなことをする機会はない。そもそも治療魔法の出力を上げればいいというものでもないから。

パァアアアアア！

光の奔流が発生するほど。もう本当にヤケクソだ。絶対、ぜーったい治してやる！　っていう。

「……は？」

「これは……」

見ていたリューズ神父と当人であるクラウディウス卿が絶句するほど。

全力・前進！　イケイケ、ゴーゴー！　後先など考えずにすべてを捧げて！

やがて光の奔流が収まり始め、収束した頃。

「……ふぅ」

なんとなくやり切った気分で私は治療魔法を使うのを止めた。ああ、なんだかクラクラする。

当然か。目に見えないけれど確かに私の中の魔力を消費する行為なのだ。

「な……」

「どうでしょうか？　痛みは和らぎましたか？」

ヤケクソ治療魔法だったのだけど。彼の腕を改めて見て、自分でも少し驚いた。

……なんと見た目の治療は完璧に出来ていたのだ。これだけでも成果と呼べるかもしれない。

「これ、は……」

クラウディウス卿は絶句しながら右腕を……振り回した。え？

「動く……」

「え」

「動きます、ね。えっと……元通り、に？」

思わず私とリューズ神父は顔を見合わせた。え、もしかして完治した？

「あ、焦らずに確認しよう。無理してはダメだから！」

「は、はい」

クラウディウス卿はゆっくり腕の可動域を確かめるように動かしていく。

やがて立ち上がって礼を執り、何も握らずに剣の『型』のような動きをして……。

「……痛みがありません。これは、完治している、のでは？」

まだ呆然とした様子で自身の右腕を眺めて。改めて言葉を失ったように私に視線を移した。

なんとも言えない表情を浮かべている。きっと私も同じような表情だっただろう。

正直、想定以上の結果だった。

「う、おおおお……？」

リューズ神父がゆっくりと『義務感』のようにガッツポーズを取って、声を上げた。

『今、喜ぶところだよね？』と確認するみたいに。

「や、やったぁ？」

私もそれに倣って喜んでみた。うん、こんな結果になると思ってなかったんだもの。

どうしたらいいのか。けっこうあっさりと問題が解決してしまった。

人一人の人生が大きく変わった瞬間なのである。

『え、マジで？』と誰も言わなかったことの方が奇跡だ。

「あ……ありがとう……！　シスター・エレン！」

三人が三人とも、目の当たりにした奇跡を受け入れるのに少し時間が掛かったのだった。


クラウディウス卿の右腕が無事に治ってからまた数日が経っていた。まだすぐに動かしていいのか分からず、リハビリも兼ねての経過観察だ。腕を動かせなかった期間だけ鈍《なま》ってもいるだろうから、その『齟齬《そご》』にどう折り合いをつけるか。その辺りは騎士としての彼の勘次第なので、私は気長に待つのみだ。

その間、私は充分に悩む時間を得ることが出来た。でも概ね心は決まっている。それは彼の腕を治すことが出来たからだった。どうやら私には治療士としての才能がかなりあるらしい。

そして、それを活かせる地がグランドラ辺境伯領であるのは間違いない。公爵家の騎士団の胡散臭さを聞いた後だと王都のそういう騎士団で働こうとは思えないし。

彼のように困っている人を私の魔法で治すことが出来たらいいな、とそう思ったのだ。

「クラウディウス卿」

「ああ、シスター・エレン」

私は、教会の裏手で木剣を片手に剣の型を反復していたクラウディウス卿に声を掛けた。

「どうですか、その後」

「そうですね、筋力は多少、以前より衰えてしまったかもしれませんが、動かす分には問題なく。怪我をしていなかったかのように動かせています」

「それは良かったです」

「……その、シスター。感謝する、のが当然なのですが」

クラウディウス卿は困惑した表情で私を見つめた。

「実はまだ実感が湧かず……」

「実感ですか？」

私は彼の言葉に首をコテンと傾けた。

「はい。ずっとあの動かない腕で、残る痛みと一生付き合っていかなければならないと。そう覚悟していたんです。それが……これなので」

そう言って、ぶんぶんと元気に右腕を振り回すクラウディウス卿。元気いっぱいだ。

「そうでしょうねぇ……」

治した私もビックリなのだ。治したいとは思っていたけど、完全に治せるとは思っていなかったというか。全力でやったら痛みが少し引くとか、ほんの少し動かせるようになるとか。それぐらいだと思っていたのに。それがまさかの完治である。思わずお互いに顔を見合わせて『あははは』と乾いた笑いをしてしまったほどだ。

あの時『どうするの、この空気？　え、本気で？　治ったの⁉』という困惑しかなかった。

今思い出しても苦笑するしかない場面だったわ。感動的なはずなのにね。

「なので、ええ。シスター・エレンには間違いなく感謝しても、し足りないと。頭では理解しているのですが。そこに伴うべき感動が、心が追い付かないといいますか。もっと貴方に感謝すべきなのに、そこにまだ気持ちが至っていなくて」

治された当人が混乱してしまっている！　そりゃあそうだろう。

もっと大げさに言えば、問題が生じて腕を失《な》くしてしまった人がある日『痛みを和らげられるかもしれませんよー』と治療されたら腕が生えちゃいました！　ぐらいの衝撃的な出来事である。

『ええええ……⁉』という困惑が先に立ち、ちょっと感動が追いつかない。

正直、私もいまいちピンと来ていない。だが間違いなく彼の腕は動くようになったし。

彼の人生は大きく変化した。きっとこれから先、動く腕と共に生活していく上でじわじわと実感していくのだろう。だから、まぁ、それでいいと思う。

「感謝しています。していますが、この感謝をどう貴方に伝えればいいのか」

「いやぁ、私も驚いていますので……なんとも、はい」

治療出来る、いえ、完治出来るとは思っていませんでしたので。ええ。

「辺境に向かわれるのでしたら命を懸けて貴方の護衛を務めさせていただきます！」

「それはちょっと。死んでしまったらせっかく治した腕が勿体《もったい》ないですよ」

「あはは、確かに。『勿体ない』ですね」

朗らかに笑う彼。以前にあった暗い影が晴れたような様子だった。

そうして話していて。ふと彼の言い分が気になった。

「クラウディウス卿は腕が治っても辺境へ向かう予定なのですか？　私の護衛を買って出るということですけど」

「ああ、それはそのまま。そのつもりです。腕が治ったこと自体、正直なところ古巣の騎士団には知られたくありませんし」

「それは……」

確かにそうでしょうね。また嫉妬で何かされたらたまったものではない。

それに彼は、どうも騎士団を解雇された後、再就職も難航していたと聞く。それこそどこかから圧力が掛けられていた可能性も。相手が相手だけに正面切ってやり返すのは難しいだろう。

それよりも遠く離れた地で問題の相手とは深く関わらず平穏に暮らした方がいい。

きっと思うところはあるはずだ。腕が動かない間、憎しみだって深かっただろう。

……私は、クラウディウス卿に共感出来る部分が多い。彼が古巣に戻りたくないと思うように、私もカールソン男爵領には戻りたくない。

自分の力が及ばない権力や得体の知れない何者かに狙われ。理不尽な目に遭い。

許せないことはある。納得がいかないことだって。でも復讐や報復よりも……。

こうして新しい人生を自分の意思で選べる分岐点に立っていることの方が私たちには重要で。

新しい人生への希望だってある。こうした方がより幸せになれるのではないか、と。

その人生にはかつての因縁など『邪魔』でしかない。問題の解決を図らず逃げるようなものかもしれないが……。クラウディウス卿の目には暗い感情はないように思えた。

希望を持ち、新しい人生に思いを馳せ、期待に胸を膨らませているような、そんな。

……彼の、その目に。私も新しい人生を歩む『勇気』を貰った気がした。

「クラウディウス卿は私と似ているかもしれませんね」

「シスター・エレンと私が、ですか？」

「ええ、抱え込まれた境遇がです。実は私も元居た場所からは追い出されるところだったんです。幸いといいますか、事前に対策を打って逃げ出すことが出来たのですけど。もしかしたら、今よりもっと酷い境遇で追い出されるところでした」

私は幸運にも。或いは奇跡的に。回帰か予知か分からない不思議な夢を見たことでどん底の境遇を回避出来た。神の思し召《おぼ》しか。ただの気まぐれか。その後で見た鮮明な夢の中では私は命すら落としていた。それを考えれば今の境遇は随分と恵まれているだろう。

クラウディウス卿も理不尽に人生を追い込まれていた。片腕が使えないままで辺境へ向かって、そこで働けることになったとしても、どうなっていたかは分からない。それは、きっと彼だって分かっていたはずだ。そうして魔獣との戦いにでもなれば命を落としてしまう可能性もあった。

それは今の状態で行っても変わらないかもしれないけれど。

利き腕が使えるのとそうでないのではまったく違うだろう。

「……だとしたら。貴方がそうして逃げてきてくれたことにも、私は感謝したいです」

「逃げてきたことに、ですか？」

「ええ。だって貴方がそうして逃げて、ここに居なければ自分の腕は動かないままだったのです」

「うふふ、そうなりますか」

「ええ、そうなります」

なんという奇妙な縁だろう。人生とはどう転ぶか分からないし、どういう縁があるかも分からないものだ。夢の中の世界で私はクラウディウス卿とは出会っていなかった。それが今はこうして彼と朗らかに笑い合っている。ああ、悪くない。そう思えた。彼のように笑顔に出来る人を、これからもっと増やせるだろうか。私にはきっとその力が、才能がある。……だから。

「クラウディウス卿」

「はい、シスター・エレン」

私は彼の目を見て、私の考えを話した。

「私、グランドラ領に行こうと思います。この力をもっと、ちゃんと使えるようになって。貴方のようにたくさんの人を笑顔に出来たら。きっとそれは素敵な人生だろうな、って。そう思ったから」

思えば、これも運命的なものだったのかもしれない。私にそれだけの才能があるのなら男爵夫人なんてしている場合ではないだろう。私の人生を変えた『予知夢』の中にクラウディウス卿は居なかった。不可思議な力でさえ、この出会いに私を導いてくれたワケではないのだ。

……あの夢は、ただ私に、私の窮地を教えてくれただけだった。

それは確かに悲惨な運命を『回避』させてくれたものだけど。この新しい出会いには関係がない。だからきっと、この出会いは私が、私の考えで動いてきたから。

そんな風に考えると、より彼との繋がりが新しい場所へ向かう勇気になる気がした。

「……はい。それはきっと素敵なことだと私が証明になります」

「ふふ、そうですね。では、クラウディウス卿。どうか、かの地までの私の護衛を引き受けていただけますか？　……ええと、お給料はリューズ神父にお任せするとして」

「あはは、分かりました。お受け致します、シスター・エレン。……ここで貴方に騎士の誓いを立て、主君と仰ぐとロマンチックでしょうか」

「それはちょっと。患者の皆さんを一人一人専属騎士にしていたら治療もままなりませんから」

「違いありません。ですが、それほどの……感謝をしています、貴方に」

「はい、貴方の感謝をお受け取り致します」

「……では、騎士の誓いの代わりに」

「はい？」

クラウディウス卿は朗らかに笑いながら。

「俺のことはリシャールと。呼び捨てで呼んでください」

私はその言葉に少しだけ驚き、でもすぐに笑顔で返した。

「分かりました、リシャール様。どうか、これからよろしくお願い致します」

そうして。私たちは共に辺境へ旅立つことを決めた。


――『この方《かた》をどんなことがあっても守ろう』と誓った。リシャールが内に秘めた決意だ。

リシャールは騎士の家の子供だった。尊敬する父親は、ある侯爵家に仕えていた。

ただ、魔獣との戦いで父は怪我を負い、治療を受けたものの騎士として再起が難しく、退職金をいただき隠居することになり、父親は母親と共に王都を離れて暮らすことになった。

騎士爵は一代限りの爵位だ。よって父の騎士爵がリシャールに継がれることはない。

リシャールは己の力で身を立てる必要があった。

父親に認められた才能もあり、当然のように彼は騎士を目指す。そのまま父が働いていた侯爵家で働きたかったが生憎と時節が悪く縁がなかった。

だが、ファーマソン公爵家が抱える騎士団で入団試験が行われており、そこで実力を認められたことでリシャールは騎士見習いになる。

それから時間を掛けて騎士爵を正式に賜るまでに成長したリシャールは、周囲にもその実力を認められるようになっていった。彼の人生は満たされたものだったと言えるだろう。

しかし、リシャールの知らないところで問題が生じていた。ファーマソン公爵家の騎士団長であるグレッグ・ゴドウィンは常からリシャールの実力に嫉妬心を、劣等感を抱いていた。

いずれ彼が自身の座に取って代わるのではないかと彼を敵視していたのだ。

そして抱え込んでいた彼への不満が爆発した原因はリシャールの縁談だった。

顔立ちの良いリシャールは騎士団の中でも人気があった。それも公爵家の騎士団の所属。

だから、よりいっそう彼は注目を集めていた。高位貴族家では、騎士団員たちの縁談を取り持つこともある。いずれは実力で上級騎士爵も取るだろうリシャールには当然のようにその手の話が多く上がった。

成人したばかりのリシャールの相手として候補に上がった女性は、とある伯爵家の令嬢だった。

騎士が持つ爵位の内、『上級騎士爵』は伯爵家相当の身分となる。

もし、リシャールが上級騎士爵を賜れば伯爵令嬢とは釣り合いが取れることになるだろう。伯爵令嬢と縁談を持たせれば、リシャールの評価は揺るぎないものになる。

騎士団長ゴドウィンの妻は子爵家の出身。そこでも明らかな差がついてしまうだろう。

三十代になった騎士団長は、まだファーマソン公爵家の騎士団長を続けていくつもりだった。

だが、いずれ肉体は衰え、文官のように年老いても今の立場で居続けるというのは難しい。リシャールが取り立てられるのは、いつかの先のこと。その程度のことと呑み込めれば彼の成長をただ見守ることも出来たかもしれない。

だが、彼の感情がリシャールを受け入れることを拒んだ。

……そうして。ファーマソン家の騎士団長ゴドウィンはリシャールを陥れる。

騎士として生きてきて、これからもそのようにあろうとしていたリシャールにとって、騎士の道が閉ざされることはとてつもない絶望となったのだった。

恨みを抱いたこともある。動かない己の右腕に、焦燥と苛立ちを感じて荒れたことも。すべての名誉を捨て、自分をこうした男に復讐を企てようとすら考えた。自分の実力ならば、たとえ右腕が動かなくとも……。だが、そのようなことは出来なかった。己の名誉だけで済めばいい。

そのような悪事に手を染めれば両親の名すら貶めてしまう。リシャールは尊敬している両親の名は穢《けが》せなかった。怒りの先にあったのは諦念。すべてが投げやりになって。

それでも剣の道を捨てることが出来ず……。そんな折にグランドラ辺境伯領での話を聞いた。

右腕の動かない自分であってもまだ騎士の道があるかもしれない。そういう微《かす》かな希望だ。

片手であっても。なんとか受け入れて生きていこうと。諦めと共に受け入れていた矢先。

リシャールは運命に出会った。出会ったのは女神だった。

——シスター・エレン。リシャールの人生に『光』を取り戻してくれた女性だ。

感謝してもし足りない。これが忠誠を誓わずにいられようか。己は騎士なのだから。

シスターである彼女に剣を捧げるなど迷惑だと思ったからこそ誓えなかったが……。

本当は右腕が完全に治ったと自覚を持てた時、彼女に剣を捧げたいと願っていた。

そうしてリシャールは彼女についていくことに決めた。彼女の助けとなるために、だ。


「エレンのことを教えて欲しい、ですか？」

「はい。彼女について教えてくれませんか」

リシャールは動くようになった腕の経過観察の日々を送りながら、エレンについて少しでも知りたいと思っていた。だからエレンの同僚であるシスター・アンジェラに彼女について聞いた。

「はぁ……。エレンについて、ね」

シスター・アンジェラは値踏みをするようにリシャールを観察する。

アンジェラにとってエレンは知り合ってからまだ半年ほどの人物だ。

だが、ルームシェアをしている相手だけあって、この教会では他の誰よりもエレンのことを知っている。アンジェラはエレンが『いい子』だと思う。同僚として、友人としてそう考えている。

ただ、エレンが『男慣れ』しているとは思えない。年齢はアンジェラと同じぐらいの女性だ。

訳アリなのだろうとは分かる。気品の良さから、きっとエレンが元は貴族なのだろうとも。

そしてエレンは同性のアンジェラから見ても整った見た目だ。

はたして年頃の男性をそんなエレンに安易に近付けていいものか……。アンジェラは悩んだ。

目の前の男性は見た目は悪くない。エレンに怪我を治してもらったことも聞いている。

リシャールはエレンに恩を感じているのだろう。

だが、恩があるからと好意を抱く男性をいちいち相手にしていられないのが治療士の女性だ。

同じ治療士で女性であるアンジェラには、ある程度の経験がある。

まだまだ治療士になり立てであるエレンはそういう経験は少ないだろう。

だから、ここは治療士の、そしてシスターの先輩である自分が彼を見極めようと思った。

恩を仇《あだ》で返すような者は残念ながらいる。目の前の男性、リシャールがそうでないか。

大切な同僚であるエレンにこうして興味を抱いて……どうするつもりなのか。

「……そうですねぇ。凄く働き者ですね、エレンは。いつでも一生懸命に働くし、他のシスターからも評判がいいんですよ」

「そうなのですね」

「それから人柄って言うんでしょうか。親しみやすいですね。話しやすい人って言いますか。教会に治療を求めてくる人たちにも好かれていると思います。それから彼女、頭もいいですね」

「頭がいい？」

「仕事の覚えが早いんですよ。それに私たちも知らないことだってよく知っているし」

「へぇ、そうなのですね」

「はい。……それから。教会を頼ってきた子だから詮索とかするつもりはないんですけど。たぶん、あの子。元は貴族だったと思います。見ていたら、やっぱり身のこなしが違いますからね。エレンね。でも、そうなると……」

「ですよね！　まぁ、殊更に隠しているって雰囲気じゃないですけど。育ちの良さが出ていますよ

「……ああ、それは。なんとなく自分にも分かりました」

には気品があるといいますか」

「何か？」

アンジェラは、そこで注意深くリシャールのことを見つめた。

「……エレン、実は『不貞をした旦那に捨てられた』からって、教会に来たんです」

「不貞をした旦那……」

リシャールはそのことに眉を顰《ひそ》める。敬意を払うべき人に対する冒涜《ぼうとく》が気に入らなかった。

アンジェラは彼のその表情を観察する。

「エレンは、かなりのワケあり、ってことになります」

「……そうですか。エレンさんが……」

エレンが不当な目に遭ったと聞いて、リシャールの表情に浮かぶのはおそらく怒りだ。

アンジェラはそう感じた。少なくとも『今は男が居ないからチャンス』とは考えていないだろう。

わざわざこうしてエレンについて聞いて回り、そこに男性としての下心があるのなら。

エレンに交際している男性が居るか居ないかは一番に興味があることのはずだ。

だが、リシャールからはそういう気配がない。つまり彼には下心がなさそうだ。

アンジェラはリシャールに対してそう感じる。ひとまず信用しても良さそうな人物だと思った。

「……騎士様はエレンと一緒にグランドラ領へ行くんですよね？」

「はい、そのつもりです。俺は彼女の助けになりたい」

リシャールが自らの決意をそう語るとアンジェラは、うんうんと、したり顔で頷いた。

下心もなくエレンの助けになりたいと主張するリシャール。

きちんと恩には報いる。きっとリシャールはそういう人物なのだろう。

その姿は正しく『騎士』のようだと感じる。なら、友人として彼にエレンを託しても良さそうだ。

「では、エレンのことを……色んなものから守ってあげてくださいね。そういう事情ですから！」

「ええ、もちろんです。彼女のことはどんなことがあっても守るつもりです」

騎士の誇りを懸けて。或いは人として、大恩に報いるために。

リシャールはそのように忠誠心から彼女を守ると決意してみせたのだが……。アンジェラは含みを持ったニヤニヤ顔でリシャールの言葉を聞いていた。確かに彼からは下心を感じないが『好意』はあるのではないか。アンジェラはそう思ったのだ。そうなると話が変わってくる。エレンにとって『いい人』であるのなら。見目の整った男性と女性の、恋愛が今まさに始まるかもしれない。

アンジェラはリシャールを最初こそ警戒したものの、実は『そういう話』は大好きなのだ。そして、教会でそういう話題を聞くことは思いの外、少ない。エレンへの心配が払拭された以上、そこにあるのは他人の恋愛事情という『娯楽』だった。

「彼女の話を聞かせてくださって、どうもありがとうございます」

「いえいえ。頑張ってくださいね、騎士様！　お似合いですよ！」

と、アンジェラは何かを悟ったように。或いは決め付けたように、彼に応援の言葉を投げた。

リシャールが居なくなった後、さっそくシスター仲間たちに彼らの話をしに行く。

当の本人であるリシャールは彼女に何を邪推されたのかなど気にも留めていなかった。

辺境へ向かうまでの間、リシャールは身体を鍛え直しつつ、エレクトラとの交流を深めていく。

彼の心にあるのは騎士としての忠誠心であり、恩義だ。

だが、その気持ちがこれからどうなっていくかは誰にも分からない。彼ら自身にも。

アンジェラやリューズ神父たち、周囲はエレクトラたち二人のことを温かく見守った。

そして、ちょうどグランドラ領へ向かう小規模な商会と交渉し、彼らの一団と同行することになった。

エレクトラとリシャールは商会の一団と共に辺境へと旅立つのだった。

断章　偽者のエレクトラ

エレクトラと別れの言葉も交わさず、ハリードにとってどこか納得いかない離縁だった。

リヴィアもエレクトラと話してから、と言っていた。

だからハリードは、しばらくはエレクトラの行方《ゆくえ》を捜させていた。

離縁自体もすぐに済ませようとはせず、踏み止《とど》まろうとしたのだが……。

「それではリヴィア様を蔑ろにされることになりますが。旦那様はそれでよろしいのですか？」

侍従長サイードにそう詰められて、リヴィアの手前、踏み止まることは出来なかった。

それでも離縁手続きを済ませた後はこれが最善の形だと、ハリードは改めてリヴィアと結ばれる幸せに浸ろうとする。

「すぐに婚姻ですか。それも構わないのですが……」

「なんだ？　何か文句でもあるのか、サイード」

「いえ、以前とは状況が違いますでしょう？　旦那様は子爵になられましたし。それに今は婚姻を急ぐ必要もありません。リヴィア様と結婚式を挙げ、周辺の貴族にお二人が結婚することを報せ、伝えなくてよろしいので？　あの方が今後、カールソン子爵夫人になる、と。……特に結婚式は、リヴィア様もされたいと思うのですが」

「それは……そうだな」

「はい。ですので正式にリヴィア様を婚約者に据えられてから準備を整えて式を挙げて、周辺貴族にも伝えるべきかと」

「……ああ」

エレクトラと離縁した後。使用人たちは含みのある態度をしていたものの、すぐに態度を切り替えた。ハリードが拍子抜けするほどだ。

「お前たちは納得したのか？」

「納得と言いますと？」

「俺とリヴィアが結婚することに、だ」

「はぁ……。納得も何も、我ら使用人は主の婚姻に口出しは出来ないと思いますが。もちろん何か詐欺などに遭われているやもとなればその限りではありません。ですが、リヴィア様は別にそういった懸念とは無関係でしょう？」

「それはそうだが……」

だが、ハリードは使用人らの態度に何か違和感を覚えていたのだ。

どこか余裕のある、いや、なんともいえない。すべてを見透かされているような気分だ。

「思い思われての結婚だと思っていたのですが、何かリヴィア様に問題がおありで？」

「そんなものはない！」

「それは何よりでございます」

「っ……！」

表向きは二人の仲を祝福されている。使用人全員が、だ。

こちらが何を望むのかを事前に知っていたかのように誰もが振る舞った。リヴィアが望むもの、欲しい物を言った時。速やかにそれらを買うために必要な金額と、それによって『何が失われるか』をまとめた書類がハリードの下に突きつけられる。

領民の生活を逼迫《ひっぱく》するようなことであれば事前に告知され、それによる影響予測までだ。

「……我が家の使用人はこれほど優秀だったか？」

モヤモヤとした気分をずっとハリードは味わっていた。

それほどに優秀な者たちならば、なぜ未だにエレクトラを見つけられていないのか。

エレクトラと離縁してからもう既に四ヶ月が経過していた。

「サイード、エレクトラの行方はまだ掴めていないのか？」

「……それについてですが、今すぐ報告書をお持ち致します」

「報告書？」

「はい、エレクトラ様の行方についての情報はあるにはあるのですが、判断をしかねる状況です。そこでまとまってから旦那様のご意見を賜りたく」

「はぁ……？　なんだそれは」

「見ていただければ分かっていただけるかと」

そう言って侍従長はすぐに報告書を持ってきてハリードに渡した。

そこにはエレクトラの目撃情報がまとめられていたのだが……。

「なんだ、これは？」

「エレクトラ様が目撃された証言をまとめております。かなり証言が集まり、我々もすぐに見つけられると思ったのですが……」

ハリードは報告書にまとめられたエレクトラの目撃証言を見ていく。

確かに大量にあるのだが、どれも一定の方向性を持っていない。

「これでは……どこに行ったのか分からないではないか」

「そうなのです。それでも王都方面での目撃証言が多いことから、そちらを主に調べさせていたのですが……」

「見つからなかった、と？」

「はい」

ハリードはばさりと報告書の束を机の上に落とした。忌々《いまいま》しげに舌打ちする。

（なんだ？　これでは、まるで捜索の手から逃げているようではないか！　こちらは、わざわざ捜してやっているのに！）

ハリードは思い通りにならないことに苛立ちを覚えた。

「……ヴェント家はどうなんだ？　順当に考えて実家に帰っているのではないのか？」

「確かにそういった様子も見受けられるのですが……こちらは逆に目撃証言がございません。その上、離縁した他貴族家ですので強引に調べることは出来ず」

「正式に抗議をすれば……」

「は？　抗議？」

侍従長はそこで初めて表情を険しくし、問いかけた。

「一体、何を抗議するのですか？」

「それは……！」

「……旦那様。エレクトラ様に瑕疵はございません。この離縁は明らかにこちらの有責です。穏便に済んだだけで幸運だと思うべきでしょう」

「だが、勝手に居なくなったのはエレクトラだ！　無責任ではないのか⁉」

「男爵夫人としての責任はすべてはたしておられました。我々使用人も領民たちも恙《つつが》なく過ごせております」

「俺が何もしていなかったと責めたいのか……？」

「エレクトラ様の功績を認めれば旦那様が貶められることになるのですか？　旦那様は子爵となられ、『これから』でしょう。比較の対象ですらありません」

「だが……！」

侍従長は更に表情を厳しくし、ハリードを見つめた。

「旦那様。なぜそこまでエレクトラ様をお捜しになられるのです？　既に離縁から数ヶ月。貴方はリヴィア様と婚約を結ばれ子爵となられた。エレクトラ様を気にされる必要性があるのでしょうか？　捜索するにも費用が掛かり、また人員を割きます。誘拐されたワケでも事故に遭われたというワケでもなく。ご本人の意思でこの家を出ていかれたのです。以前の奥様を旦那様がいつまでも気に掛けている姿というのはリヴィア様にとって気分のいいことではないはず」

「ぐっ……。だが、当のリヴィアがエレクトラに謝りたいと」

「それは三ヶ月が経った今もまだおっしゃられているのですか？」

「ああ、そうだ」

「……それは、旦那様がいつまでもエレクトラ様を気に掛けていらっしゃるからでは？　まず旦那様がエレクトラ様のことを気に掛けない姿をリヴィア様に見せるべきかと」

「き、気に掛けてなど……」

ハリードには侍従長がそう言うことが意外だった。本当にあっさりとエレクトラを切り捨てるような発言だ。どこかもっと自分よりもエレクトラの味方をすると思っていた。それが。

（そうだ。違和感の正体はこれか。どの使用人たちも不満の顔を見せたのは最初だけで、あっさりとエレクトラを……）

「エレクトラは本当に二年間きちんと仕事をしていたのか？」

「はい、旦那様。エレクトラ様は立派にカールソン家を担っていらっしゃいました」

「……その割には彼女の味方をする使用人が少ないようだが？」

「はい？」

「離縁を言い渡された妻だ。嫁ぐ相手も居ないだろう。それなのにお前たちはエレクトラを心配すらしていないな？　そういう態度しかお前たちにさせられなかったのだ。ならば仕事も……」

「……旦那様は、エレクトラ様を憎んでおられるのでしょうか？」

「は？」

侍従長はそう言われて激昂するでもなく、むしろ哀れむような目でハリードを見た。

「なぜそのようなことをおっしゃられるのか。まったく理解が及びません。使用人に過ぎぬ我らにどうして欲しいのですか？　離縁を突きつけたのは確かにエレクトラ様でしたが……。旦那様も離縁はされるおつもりでした。そして今はリヴィア様を婚約者にされている。彼女のことは想い合う恋人だとおっしゃる。どうしてそういった状況でいつまでも離縁された方に拘《こだわ》られるのです？

これではリヴィア様がお可哀想です」

「ぐっ……」

「旦那様、リヴィア様のためにも、もうエレクトラ様の捜索はおやめになるのが良いと思います。旦那様がすべきことは『今は、もう離縁した妻のことは気にしていない』とリヴィア様に言い続けて安心させることではないでしょうか」

その通りだった。それはハリードも分かっている。だが、どうにも解せないのは、なぜ侍従長たちがこうも自分たちに寄り添う意見を言うのか。なぜ、二年間も世話になったエレクトラをまったく気に掛けないのか。言われていることは今後の自分のためだと分かる。分かるのだが、どうにも腑《ふ》に落ちない。

「三ヶ月です、旦那様」

ハリードは侍従長の言葉に首を傾げた。

「三ヶ月間、リヴィア様に『もう離縁した妻のことは気にしなくていい』と対応してください。それでもなお、リヴィア様がエレクトラ様のことを気にされるのであれば……その時は」

「その時は？」

「……『演者』を雇いましょう」

「は……？」

演者、とは。ハリードは理解が出来なかった。

「リヴィア様の生い立ちはかなり複雑なものだったそうです。おそらくなのですが……リヴィア様は、ご自身が幸福であることを素直に受け入れることが難しいのではないでしょうか？」

「……難しい？」

「はい、旦那様。精神的なものです。身寄りのない子供として教会で育ったと聞きます。ですから騎士であり、貴族、それも英雄と名高い旦那様に見初められ、結婚を控えている。そのような幸福に彼女の心が追い付かないのです。ですから『他人と比べて』でしか自分が幸せだと感じられないのではないかと。おそらくエレクトラ様ご本人と会う必要はないのです。『エレクトラと名乗る夫人』から『貴方は幸せになっていい』と託されたい、ただそれだけかと。一言でもそう言われれば彼女はきっと今の幸福を受け入れられるはず」

侍従長サイードは、なおも続けた。

「旦那様の想い人に言うような言葉ではないのですが、あえて言います。彼女は、哀れな娘です。その幸せのために必要なことは旦那様が元奥様を捜すことではありません。ですので、どうしてもリヴィア様がエレクトラ様の言葉を必要とするのであれば、徒に本人を捜し続けるのではなく『エレクトラ様の代役』を立てて演技をさせましょう」

ハリードは目を瞬かせて侍従長の案を聞いていた。妙案のようにも思える。それで上手くいくかもしれない、という気持ちもあった。だが、やはりこの侍従長はこんな提案をしてくる男だっただろうか、と。ハリードはモヤモヤとした気分になるしかなかった。エレクトラの捜索は半ば強引に打ち切られて、ヴェント子爵家に手紙を送るも、はぐらかされるばかり。

元よりハリードの不貞から離縁となったのだ。ヴェント家がエレクトラの件について怒っていても当然であり、まともに応対されているのが奇跡と言えるぐらいだった。

「はぁ……」

ハリードの気分はいつまでも晴れないのだった。

リヴィアに『もう離縁した妻のことは気にしなくていい』と告げるようになって、二ヶ月。ハリードとエレクトラの離縁が成立してからもう半年近くが過ぎていた。だが。

「やはり、リヴィア様は変わりませんか」

「リヴィア様はやはり心に傷を負われているのかもしれませんね。我らではその傷を理解して差し上げられなかったのです」

「……ああ」

ハリードは侍従長の言葉に『そうなのだろうか……』と悩んでいた。リヴィアとの関係は悪くはない。エレクトラと離縁してから既に半年。侍従長に助言されたようにエレクトラのことは気にしないように言い続けた。エレクトラの捜索も打ち切った。

ハリードは英雄とまで呼ばれ、名声を手に入れた。更に子爵位を賜って領地の運営は今も滞りなく行われており、順風満帆な人生のはずだ。リヴィアとは正式に婚約している。その点について少しだけ揉めはした。離縁してからすぐに結婚するのは外聞が悪いというのは間違いではないのだ。それについては侍従長たちの意見が正しいと思い、すぐに結婚は出来ないとハリードはリヴィアを宥《なだ》めるしかなかった。だが、そうしてまだ結婚していないからこそハリードがエレクトラに未練があると思われているのだと。そう指摘されてしまうと何も言えなくなり、とにかくリヴィアを気遣うことしか出来ない。

陸爵と英雄、聖女という名声もあり、領地に帰還してしばらく経った今。他家から茶会や夜会への招待状も届き始めている。

「リヴィアを他家の前に出すか」

「旦那様たちの仲を皆様に知っていただく良い機会となりましょう」

「……本心でそう言っているのか？　サイード」

「もちろんでございます、旦那様」

彼女は身寄りのない身であり、教会で育った女性だ。貴族夫人としての教育を受けたことなどないはず。

「旦那様。彼女は育ってきた環境もあってか、貴族と比べればマナーがなっていないこともありましょう。ですが、貴方は英雄とまで謳《うた》われた騎士であり、彼女は聖女と呼ばれた女性です。そんな貴方たちが貴族の礼法が至らないからと否定されては世の中の誰も結婚など出来ませんよ。リヴィア様は子爵夫人となられます。ですが、彼女は彼女のままでよろしいのではないでしょうか」

「……なんだって？」

ハリードは侍従長の言葉に目を見開き、驚いた。貴族家に仕える使用人の意見とは到底思えなかったのだ。

「旦那様とリヴィア様は普通の貴族夫妻ではありません。なれ初めも異なれば結ばれ方も異なり、また求められていることも違いましょう。彼女に『貴族夫人らしさ』を誰が求めるのですか？　彼女の生い立ちも在り方も既に周知されているはず。それにも拘《かか》わらずマナーを求めるのはその相手の良識を疑います。もちろん、上位貴族や王族相手であれば礼儀正しくすべきだとは思いますが」

「そ、そう……か？」

「リヴィア様のご年齢で改めて貴族のマナーを徹底的に学べというのは酷です。むしろそれは彼女の『良さ』を殺してしまうだけではないですか？　少なくとも彼女は『聖女であること』の方が求められているはず。ただ、恐縮ですがお二人の間にお生まれになるであろうお子様については『貴族の子として、しっかりと教育を受けさせるべき』だと進言させていただきます。もしかしたら、その点でリヴィア様とは衝突してしまうかもしれませんが。ですが、リヴィア様に関して私はそのように考えます」

「あ、ああ……。そう、か」

リヴィアは貴族令嬢ではない。だから驚いてしまう言動もある。だがカールソン家の使用人たちはそんな彼女にしっかりと対応してきた。ハリードはそういった彼女のことを可愛らしいと思っている。何かある度に突きつけられる経費についていつも現実に引き戻されるが。

「話を戻そう。リヴィアはどうしてもエレクトラに拘っているらしい」

「はい、旦那様」

「……エレクトラは見つからないんだな？」

「捜索は打ち切りました。一応、カールソン家と繋がりのある商人たちには話を聞いていますが、特に続報はありません」

「ああ……。だから例の役者にエレクトラのフリをしてもらうという話だが……」

「手配されますか？」

「ああ、頼む」

ハリードはやむを得ず役者を用意することにした。エレクトラの『代役』だ。

偽者とも言うだろう。ハリードの心情的には後者の呼び方に近く感じている。

そして『偽者のエレクトラ』とリヴィアを会わせることになるのだった。


「はじめまして、リヴィア様。エレクトラと申します」

「……貴方が、奥様？」

エレクトラ本人とは特に似てもいない女性だった。髪の色だけは彼女と同じ水色のものだが。

（そういえば、もう二年以上、俺はエレクトラの顔を見ていないのか……）

ハリードはそんな風に思う。目の前の女性がエレクトラではないことは分かる。だが彼女は……どんな顔を、いや、どんな表情をしていただろうか。政略結婚だった。結婚式も挙げられず、結局は誓いのキスもせず。挙句に白い結婚で初夜すらまともにしなかった妻。一緒に居たのは、たった一日だ。

辺境への招集命令がなければ今頃どうなっていたのだろう。使用人たちからエレクトラへの悪評は聞かなかった。あえて口にしていない様子なのはハリードにも分かる。だが家として財政破綻もせず領地はきちんと運営されていて、エレクトラが貴族夫人として申し分なかったのは伝わってきた。それに彼女は隣領のヴェント子爵令嬢だった。だからこその政略結婚で。離縁した今、過剰な報復こそされていないがヴェント子爵家とは積極的な繋がりは求められなくなった。大きく困ることは起きていない。なんとなく窮屈に感じる程度で。

ここにいるのはエレクトラ本人ではないのにハリードの中には何とも言えない感情が溢れた。

「もう奥様と呼ばれる立場ではありませんわ。ヴェント子爵令嬢とお呼びくださいませ」

その言葉にハリードはぎょっとした。この役者は当然エレクトラではない。つまり今、彼女は『勝手に貴族令嬢を名乗った』のである。これが誰かにバレたら大問題だと今更に思った。

(だが今日だけだ。今日ここでリヴィアに納得してもらえば、もう彼女と会うことはない!)

ハリードは冷や汗をかきながらそう自身を納得させる。

「奥様……!　ごめんなさい、私がハリード様を愛したばかりに……!」

そしてリヴィアは『エレクトラ』にそう告げる。

「何を謝るのですか。素晴らしいではないですか、愛し合う者が出来て」

「そんな！　だって奥様は大変だったのでしょう？　この半年。ですから、ごめんなさい……!」

「この半年は実家のヴェント家で穏やかに過ごすことが出来ました。ですのでご心配いただくことは何もありませんよ」

ハリードはハラハラとそのやり取りを見守った。リヴィアにバレるとは思っていなかったが勝手に貴族家の内情を偽っているのはよくはない。

「そんなことありません!」

「……はい？」

そこで役者が首を傾げる。

「奥様、私……貴方に会ったら言おうと決めていたことがあるんです!」

「それは一体何でしょうか」

そこまで微笑みを浮かべてリヴィアに対応していた役者は首を傾げた。その仕草は如何にも貴族の女性らしいと思う。もしかしたら実際どこかの家の出なのかもしれない。

「――奥様、私たちと一緒に暮らしましょう！」

「……は？」

その場に居た誰もが、ハリードも侍従長も、思ってもいなかった提案だった。

「貴方たちと？　それはまた……。私、エレクトラは『カールソン卿』とは離縁した身です。共に暮らす理由はないと思います」

その通りだ、と。ハリードは役者の意見に同意した。もはやエレクトラの演技に意味があるとも思えない。

「ですが！　奥様はずっとこちらで暮らすはずだったのでしょう？　それを私が……ハリード様と愛し合ってしまったから家を出ることになって！　それで奥様が家を追い出されるなんて良くないです！　ですから奥様には今まで通りこの家で暮らしていて欲しいのです！」

(何を……言っているんだ、リヴィアは……？)

ハリードの背中を滝のような汗が流れた。リヴィアはまるで『良いアイデアだ』と言わんばかりの表情で。もし、ここにいるのが『本物のエレクトラ』だったなら。或いはハリードもリヴィアの言葉に同調してしまったかもしれない。だが。

ここにいるのは、ただの役者でありエレクトラではないのだ。金で雇ってエレクトラのフリをしているだけの赤の他人。そんな人間を屋敷にいつまでも拘束し、留めておけるはずがない。

「リヴィ、」

「――素晴らしいお考えですね。では、お言葉に甘えて。私がこちらで一緒に暮らすことを許していただけますか？」

「な……!?」

あろうことか。

エレクトラと同じ水色の髪をした役者の女は、リヴィアの提案に乗ってきたのだった。

あれからハリードは役者の女を問い詰める機会を探っていた。

リヴィアの提案を役者が受け入れてしまったことで、彼女を屋敷に滞在させることになってしまったのだ。リヴィアがいつも彼女の近くに居て中々問い詰める機会がやってこない。のらりくらりとリヴィアからの言葉を躱《かわ》し、微笑みを絶やさない姿は貴族の女性の姿だ。

リヴィアが役者のそばから離れた隙を逃さず、ハリードは役者を問い詰める。

「一体どういうつもりなんだ！」

「これは子爵、そのように声を荒らげてどうされました？　リヴィア様に聞こえますよ」

「ぐっ……」

ハリードはリヴィアに聞かれないように使用人に警戒させた。

どの道、使用人たちも彼女が本物のエレクトラでないことは分かっている。

「なぜ、リヴィアの提案を受け入れた？　同居なんてなんのために」

「私は仕事をこなしただけですわ、子爵」

「仕事だと？」

「ええ、そうです。……あの方、リヴィア様。もしも、あの場で私が彼女の提案を断ったとして、素直に引き下がったと思いますか？　おそらく私が彼女の提案をお断りして立ち去っていたら結局は元の状態に戻ったのでは？」

「う……」

ハリードは頭を働かせて考える。もしもリヴィアの提案を断っていたら？

「私も今回の件に当たってある程度の事情を伺っております。リヴィア様のご様子も。ですからあの場面ではお断りしては意味がないと思い、受け入れたのです。私は仕事をこなしただけですよ」

「それは……だが」

「リヴィア様のことは私よりも子爵の方がお詳しいでしょう。私は間違った判断をしたと思いますか？」

「ぐぅ……！」

きっとリヴィアはこの『エレクトラ』を引き止めただろう。だってリヴィアは半年もの間エレクトラに拘り続けたのだ。だからこそ偽者まで用意したのが現状。ならば、きっと彼女の言う通りになったのだろう。ハリードにもそれは分かった。役者の言うことは正しかった。

「お分かりいただけたなら幸い。では子爵。しばらくは屋敷で厄介になります。リヴィア様のために、ね？」

「くっ……、だが支払いは……！」

「初めにいただいた金額と成功した場合の金額がある契約です。今の状況ですと『成功』と言っていいか不明ですね。どこを落としどころにされますか？　今この『私』が屋敷から出ていくとリヴィア様の精神に悪影響があるかもしれませんが」

ハリードはリヴィアの姿を思い浮かべる。この役者がリヴィアの提案を受け入れたのを聞いて、ここ最近では一番彼女が喜んでいた。それがすぐに居なくなったとなれば……。

「拘束期間が未知数ですから。それに合わせた報酬をいただかねばなりません。私も長く居続ける気はありませんよ？　成功であれば、さっさとお金をいただいて立ち去りたいです。ですが、そこは私も仕事ですから。どちらかと言えばお困りなのは、そちら。そう思いますけどね」

ハリードは気付く。この役者を今すぐ追い出すことは出来ないと。それに役者ということは、どこかに所属している人間だろうか。直接雇ったのは侍従長だから正確には分からないが。

力に任せて排除、または閉じ込めてしまっては必ず足がつくだろう。暴力的な手出しは出来ない。

「無報酬では働きませんよ？　リヴィア様に真実を打ち明けて将来の子爵夫人として彼女に正当な報酬を要求するのも吝《やぶさ》かではありません」

「くそっ……！」

つまり望まない同居人を抱え込むために金を払い続けろ、と。でなければリヴィアにバラす、と忠告された。いや、脅されたのだ。まったく最悪な気分だった。

「サイードと話し合え！　法外な額は払わんぞ！」

「では、ありがたく」

水色の髪の役者はスッと立ち上がりハリードの横を通り過ぎようとする。洗練された動きだった。やはり彼女はどこか貴族家出身の女なのだ。

「……お前、名前は？」

「名前、ですか？」

「ああ、そうだ」

「ふふ。エレクトラ・ヴェント。ですわよ？」

「ふざけるな！」

「あらあら。普段から徹底していただきませんと困ります、子爵。でなければリヴィア様に真実が知られてしまいますわ」

「ぐっ……！」

契約が終わったらこの役者が所属しているだろう一団に圧力を掛けてやる、と。ハリードはそう思ったが、はぐらかされてしまった。イライラが募っていく。以前から感じていた『何者か』の手の平の上にいるような嫌な感覚を覚えた。

「……子爵。貴方のため、そしてリヴィア様のために改めて聞いておきたいのですが」

「なんだ！」

この女をさっさと追い払いたい。そう思うハリードに彼女は纏わりつくように近付いた。

「貴方、本当にあの提案を断ろうとしましたか？」

「……何？」

役者の目は、とても驚くほどに冷え込んでいる。思わずハリードは彼女の視線の冷たさに一歩、後退《あとずさ》りした。

「私が『本物のエレクトラ』だったなら。貴方、リヴィア様の提案を本当に断ろうとしましたか？」

「……⁉」

「貴方はそんな風に怒らずに『良いアイデアだ』とでも言って受け入れたのではありませんか？ここに居たのが本物のエレクトラ・ヴェントであったなら」

ゾクリ、と。ハリードは役者の言葉に寒気を感じる。その指摘は、図星だった。確かにハリードは『本物であったなら』と。そう考えていたからだ。

「ふ……やっぱり。不貞を働く男性はどうしてそう『別れた妻』を手元に置きたがるのかしら？忘れればいいのに、ねぇ？」

「何を……！　俺は……！」

「ないものねだりをしているのでしょう？　薄々と分かっているから、リヴィア様だけでは満たされないと。だから二人共、と。そうしてそれが当然に受け入れられると考えている。だから貴方も『彼女』を捜した。知っています？　そういう人って自分が捨てた側のくせに彼女が『別の男性』と幸せに暮らしていたら嫉妬するそうですよ？」

「……⁉」

「貴方の幸せは元奥様のことを忘れること。だってそれが貴方の選んだ人生だから。ふふ、きちんと忘れられるかしら？『私』がいる内は難しいかもしれませんねぇ？」

ハリードは、再びぞっとする。目の前にいる女が得体の知れない何かに感じられた。

「お、お前は……。一体、何なんだ……？　お前は『誰』だ……？」

「私はエレクトラでございます、子爵。ああ、でもご安心を。元奥様はどうお考えか分かりませんが。私は貴方とリヴィア様が結ばれることを望んでいますから」

「……何？」

「どうか、幸せなご結婚を。英雄ハリード・カールソン。誰に与えられた剣を振るい、誰に望まれた幸運なのか知らず、踊り続ける騎士様。どうぞ、彼女を幸せになさって？　貴方の『役割』は、リヴィア様を幸せの絶頂へ導くことでございます」

ひゅっ、とハリードは息を呑む。この女は、目の前の『エレクトラ』は……ただの役者ではない。それに気付いてしまった。だが、もうハリードは彼女を家から追い出すことは出来なくなっていた。

断章　ヴェント子爵とのお茶会

偽者のエレクトラがカールソン家の屋敷に同居するようになってから二週間。

未だにハリードはその状況に慣れなかった。彼女が何かミスでもすれば、すぐにでも追い出してやろうと考えていた。だが偽エレクトラは強《したた》かな人物のようだ。一向に問題は起こさず、むしろリヴィアを制御してみせている。半年ほどリヴィアと共に暮らしていたが、彼女の我儘《わがまま》な部分には実は困らされていたのだ。使用人たちが毅然《きぜん》とした態度でなかったら、きっとハリードはリヴィアの我儘を優先するばかりで表面上は幸せに過ごせていただろう。その場合、知らずにどれだけ浪費してしまっていたか分からないが。

幸いなことにカールソン家の使用人たちはしっかりとしていた。リヴィアの我儘を叶えるために散財しようとした時は、その結果どれだけの財産が減るかを主に伝えてくる。徒にリヴィアに対して悪感情を向けることはなく淡々と事実のみを指摘してくるのだ。貴族家に仕える使用人として、申し分ない態度だろう。ハリードは自身の家の使用人たちがそこまで優れていたのかと驚くばかりだった。たった二年、離れていただけで高位貴族の屋敷へと生まれ変わったような感覚。

己が『英雄』と評価され、婚約した相手が『聖女』と評されて。そんな高揚感のまま凱旋し、初めはエレクトラからの離縁状で躓《つまず》いたが。こうして成長した使用人たちに囲まれ、男爵から子爵へと陞爵した今、自分が一段階上の人間になったようにも感じて悪くはない気分だ。

だから問題なのは、やはりあの偽エレクトラだろう。

「サイード、あの女は今どこにいる？」

「……エレクトラ様ですか？」

その名前に思わず舌打ちしそうになるハリード。だが取り繕い、『そうだ』と返事をする。

「あの方でしたら今は中庭でリヴィア様とお茶を飲んでいらっしゃるかと」

「またリヴィアはあの女に接触しているのか……」

半年間、リヴィアは何度もエレクトラのことを口にした。しつこいほどに。いい加減、耐えかねて『役者』である偽エレクトラを呼び寄せたのだ。今のところそれは悪い方向には転がっていないと思う。業腹だが。元より、あの日だけの契約のはずだった。それがリヴィアの提案を受け入れ、一緒に暮らすことになって。

「あの女もあの女でどうして受け入れたんだ」

「はい？」

「おかしいだろう？　一緒に暮らそうなんて提案をどうして受け入れるんだ」

本物のエレクトラなら理由はあるだろう。少なくともハリードは悪くない提案だと思えた。だが、あの女は本当に赤の他人なのだ。金に困っているようにはあまり見えない。そう取り繕っているだけかもしれないが。また過剰に金銭を要求するでもない。働きに見合った程度の請求のみ。

リヴィアがよく話すこともあって受け入れる以外になかった。もし彼女を無理矢理に追い出したらリヴィアの気分を害するだろう。それぐらいは分かる。だからこそあまりハリードの気分は良くない。彼女の言動がハリードの内心を見透かすようなものであることも大きい。一言で言えば『気に食わない』と。ハリードはそう感じていた。

「リヴィア。元気にしているかい？」

「ハリード様！」

自分が来たことに素直に喜ぶ態度を見せる婚約者。リヴィアのこうした素直な面に惹《ひ》かれたのも大きい。もちろん戦場で一生懸命に治療魔法で騎士たちを癒やしていく姿にも惚れ込んだ。

幸せな気分になるハリードだが……。

「ごきげんよう、ハリード様。いえ、カールソン子爵」

あっさりとその気分は地に落ちる。

「ふふ、ごめんなさいね。またハリード様と呼んでしまいました」

「……お前」

『また』も何も彼女に気安く名前を呼ばれた経験などない。偽者のくせにとハリードは思い、強く睨みつけた。

「あのね、ハリード様、聞いて！　いいことを思いついたの！　それを今、エレクトラ様に話していたのよ！　彼女もいいって言ってくれてね！」

「……うん？　何の話だい、リヴィア」

ハリードは愛しい人の言葉なのに嫌な予感を覚えた。偽エレクトラが好意的に肯定したらしいことも理由だろう。

「エレクトラ様のお兄様が隣の領で子爵をされているのでしょう？　だから、そのお兄様とお茶会を開いてはどうかな、って！」

「……は？」

エレクトラの兄。つまり、現・ヴェント子爵。彼とお茶会？

……ハリードは、彼の妹と離縁した身だ。今や同等の子爵に陞爵したとはいえ、ヴェント子爵はエレクトラの兄。当然エレクトラの味方に立つだろうし、ハリードには怒りを抱いているだろう。

（そんな相手とお茶会だって？　絶対に嫌味を言われるに違いない！）

「リ、リヴィア。しかし、それは……」

「ふふ、とても良い提案でしょう？　私としてはリヴィア様がそう望むのであれば、叶えてあげるだけですから。カールソン子爵がきっと上手く整えてくださるのでしょう？」

「お前っ、そんなことを、よくも……」

「安心してください。お兄様については妹である私が上手く言っておきますから。ですが、お茶会の主催はリヴィア様が良いと思いますの。だから私がするのはせいぜい助言程度で概ねリヴィア様とカールソン子爵に準備していただいて。招待状や手紙などもすべてそちらで用意していただくのが一番いいと思いますわ。お茶会にお兄様が来てくださったら、私から挨拶させていただきますわね、カールソン子爵。ふふ」

偽エレクトラはすべてを理解していて、無責任にハリードたちに任せると言い切った。そのことにハリードは苛立ちを覚える。

「どうなるか分かっているのか？　お前だって……」

「私のことはご心配なさらず。きっとお兄様は私のことを許してくれますわ」

一体何を根拠に、そう思う。こんな提案は無視してしまいたかった。

「ふふ、ハリード様。私、楽しみです、エレクトラ様のお兄様とのお茶会！」

無邪気に微笑むリヴィアにハリードは言葉を失い、覚悟を決めるしかなかった。


エレクトラの実家であるヴェント子爵家には何度か手紙を送ったことがある。それはエレクトラの行方を追っていた時期にどうしても連絡せざるを得なかったからだ。また、二人の離縁についても話をするしかなかった。だが離縁状を残してハリードとは会話もせずに一方的に去っていったのはエレクトラの方だ。エレクトラ側がすべて正しい対応をしていたとは言い切れないはず。

その点もあってかヴェント子爵が強くカールソン家に抗議してくることはなかった。領地間の諍いも起きていない。個人的には許せないとしても、領主としては隣領と協調する方針だと窺《うかが》えた。ベルトマス・ヴェントとはそういう理性的な人物なのだ。だが、だからこそ交友を求めるお茶会など論外のように思える。それも主催がエレクトラの次の婚約者リヴィアだというのだ。

「……受け入れるワケがないよな」

「旦那様はそう思われるのですか？」

「当然だろう」

そんなハリードの答えに何かを言おうとしたが口を噤《つぐ》む侍従長。ただ、言葉を発さない代わりに呆れたような様子を見せた。

『それが分かっていて不貞や離縁をしたのか』と。そう言いたげだった。問題はあるが、リヴィアの手前なかったことには出来ず。ハリードは駄目で元からと手紙を送るだけはした。どうせ断られるだろう、そう思って。だがハリードの予想に反して。

「……受け入れる、だと？」

「はい、ヴェント子爵が日程を合わせて、こちらへ来られるとのこと」

思わず『正気か』と疑いそうになる。ハリードとてヴェント子爵が自分たちを良く思っていないだろうことぐらい分かっていた。だからこそ子爵の思惑がまったく読めない。

「どういうつもりなのだ？」

面と向かってエレクトラの件について嫌味を言う機会だと思っているのか。或いは何かハリードにとって不利益な契約を結ぼうと考えているのか。不穏な気配だけがする。手紙を送り、茶会に誘うだけでも胃が痛かったというのに。

「リヴィアと……あの女に別々に伝えろ」

「はい、旦那様。かしこまりました」

リヴィアは喜ぶだろう。無邪気に。きっと。だが偽エレクトラはどう考えるのか。はたして彼女の反応は……やはり理解し難いものだった。

「ふふ、それは良かったですね。リヴィア様も喜びます」

他人事だという様子で。彼女は自分が子爵の妹を騙《かた》っていることを理解していないのか。

だがハリードの困惑を他所に、あっという間に子爵とのお茶会の日を迎えることになった。

「久しぶりだな、カールソン子爵。まずは陸爵、おめでとう。そう言っておこう」

「……はい、ヴェント子爵。お久しぶりです」

エレクトラの兄、ベルトマス・ヴェント。元妻と同じ水色の髪と水色の瞳をした男性。見目は整っていて利発そうな雰囲気を持っている。騎士としても活動していたハリードとは違い、体格はそこまでがっしりとはしていない。優男とでも言うべき見た目だろう。ただ、その瞳は冷たく、鋭く。ハリードたちを油断なく観察している。まるでハリードたちが襲い掛かるとでもいうように警戒した様子さえ窺えた。彼が己を警戒する理由はただ離縁した故か。それとも家に本物のエレクトラを匿っていてこちらの考えを探るためか。ハリードには判断がつかない。

ベルトマスと会うに当たって最も懸念していることはハリード自身でもリヴィアでもない。彼の妹の名を騙る偽エレクトラの存在だった。分かっていて踏み切るしかなかったハリードは出来れば二人を会わせたくなかった。

「どうした、カールソン子爵。顔色が悪いようだが。それとも私は歓迎されていないのかな？」

「そ、そのようなことは……」

「ハ……。君でも恐縮ぐらいはするのか。英雄殿は、ヴェント家をたかが一《いち》子爵と侮っているのではないかと思っていたぞ」

「侮るなど……。ヴェント子爵家とは先代以前からの付き合いです。そのようなことはしません」

「……なるほど？『家は』侮っていない、と。そう言いたいワケか、英雄殿は」

「ぐっ」

やはり痛烈な嫌味を浴びせてくるベルトマス。茶会など開きたくなかった理由だ。

（リヴィアの頼みだが、やはりダメだ。あの女を子爵に会わせるのはあまりにも……）

そんな風にハリードが考えた時。

「――ベルトマスお兄様。お久しぶりですね」

あろうことか、偽エレクトラがベルトマスに声を掛ける。

(な、なぜ、わざわざ話し掛けるんだ……！　相手が誰か分かっているのだろう⁉)

偽者がわざわざ本物の家族の目の前に出てくるなど。彼女はおかしいのではないか。

「………、お前は」

「ええ、ベルトマスお兄様。このエレクトラ・ヴェント。元気に過ごしております」

「バッ……！」

(バカな！　その上、名前を名乗るだと！　この女、どうかしている！)

「………英雄殿」

ベルトマスの怜悧《れいり》な瞳がハリードを貫く。ハリードは偽エレクトラがここまで愚かだとは思わなかった。考えていた言い訳がこれではすべて台無しだ。

「その、子爵。この女性は……」

「──今日の茶会の主催は聖女殿だと聞いたのだが？　彼女は歓迎してくれないのか」

「え？」

ハリードはベルトマスの言葉をすぐに呑み込めなかった。エレクトラの偽者という存在について強く追及されると思っていたのだ。だが、彼は偽者の妹に対して何を言うでもなく聞き流した。

(まさか聞こえていなかったのか……？　いや、あまりの内容で触れるのも嫌になったとか)

それならばあり得るだろう。ベルトマスの立場に立って考えてみれば、まるで理解不能な存在だ。家を、家族を侮辱されたと思って激昂するか、そうでなければ……おかしい人物だと、危機感が限界を超えて、あえて触れないでおくと。そう判断したのかもしれない。

もちろん冷静になり、この場を離れて安全が確保されれば改めての追及があるかもしれない。

だが、とりあえず今はなんとか偽エレクトラの存在に触れずに済みそうだった。

「そ、そうです、ね。リヴィアは中庭で待たせています。どうぞ、そちらへ……。あっ」

「どうした、英雄殿」

「その、本日は、ヴェント子爵夫人はお見えではないのですか……？」

確かリヴィアが嬉々《きき》として招待していたはずだった。よく考えれば、この茶会への参加の返事も子爵のみしか受け取っていない。

「……私の妻が来ると思っているのか？」

「え？」

ベルトマスの冷たい表情が今度は呆れたものへと変わる。

「……英雄殿。近隣の家門の情報ぐらいは耳に入れておいた方が良いだろう。貴方も子爵になったのだから。私たちは何も隠していないぞ」

「隠す、ですか？」

ハリードの頭に浮かんだのは、やはりエレクトラのことだ。やはり彼女は実家に匿われているのだろうか？　こちらが捜しているのは分かっていただろう。ならば姿を見せるなり、手紙を書くなりはしてもいいだろうに。ハリードはそう思う。

「……私の妻は今、妊娠中だ。隣領とはいえ遠出は避けるべき時期でね。だから、たとえ相手が高位貴族からの招待であっても領地からは出さない。せっかくの聖女殿からの招待だったがね。謹んで遠慮させてもらったよ。悪く思わないでくれ」

「そ、そうだったのですか……。それは遅ればせながら、おめでとうございます」

「……ありがとう、とは言っておこう」

「ふふ。では、こちらですわ。ベルトマスお兄様」

「ああ、案内してくれ。……エレクトラ嬢」

「ええ、もちろん。リヴィア様がお待ちですよ」

「……っ」

　平然と。偽エレクトラとエレクトラの兄ベルトマスは会話を続ける。やはり彼女が名乗った名は彼に聞こえていた。だが、あえて触れようとしない。ハリードは、ベルトマスの思惑が分からず、不気味に感じた。こうしてハリードにとって地獄のようなお茶会が始まったのだった。


「貴方がエレクトラ様のお兄様ですか?」

「……はじめまして、聖女殿。ヴェント子爵ベルトマスです」

　ベルトマスは貴族らしい微笑みを湛《たた》え、リヴィアは心から笑っている様子だ。偽エレクトラもまた底が分からない様子で貴族のように微笑みを浮かべたまま。ハリードだけが冷や汗を流しながら、このお茶会に参加している。

(ここまで来てしまっておいてだが……一体何なのだ、これは)

　たかがお茶会。そう思っていた。リヴィアの強い要望を断り切れず、あろうことか偽エレクトラまで援護をして、とうとうベルトマスを茶会へ招いてしまった。まともな神経をしているなら偽エレクトラは断るべきだろう。だが彼女は嬉々としてベルトマスを招くことに賛成した。

（まさか、この女。子爵にすり寄るつもりなのか？）

偽エレクトラは侍従長が連れてきた『役者』だ。まずこんなことを引き受ける時点でそういった下心があったのだろう。だがハリードとリヴィアの仲を引き裂けないと思った彼女は標的を変えたのだ。リヴィアと縁付き、そこから貴族と繋がろうとした。

（だが子爵は身重の妻がいる身……。いや、だからこそ、か？）

妻を外にも出せない時期となれば夜の生活もないだろう。……男が最も浮気をしやすい時期だ。偽エレクトラがそこまで分かっているのか不明だが、知っていたならばチャンスだと思ったのかもしれない。ハリードはそんな風に考える。

（もしも、この女がそういうつもりなら子爵の弱みに……）

「お会い出来て嬉しいです！　えっと、ベルトマスさんは、あんまりエレクトラ様とは似ていないんですね？　髪の色も微妙に違うみたい。ご兄妹《きょうだい》なのに」

「リ、リヴィア……」

ハリードが企みを抱いた瞬間、リヴィアの言葉でまた冷や汗をかくことになる。いや、言葉ではなく言葉遣いそのものだ。とてもマナーがいいとは言えない。まず『ベルトマスさん』なんて呼ぶ関係ではないだろう。リヴィアからの挨拶や名乗りだってまともにしていない状態だ。一応ハリードももう子爵であり、リヴィアはその婚約者。だから爵位的に致命的な無礼とも言えないかもしれないが礼儀がなっていないのは確実だった。

「ふふ、リヴィア様はこういう方なのですよ、ベルトマスお兄様」

「……そうか。聖女殿、貴方は中々に目がいいですね」

「え？　目、ですか？」

「ええ。我々の髪の色について違うと思ったのでしょう？　確かに同色ですが微妙に違うと」

「あ、はい。それは……見た目通りですから。並んでいると余計に。顔立ちも似ていませんよね」

当たり前だ、とハリードは思う。だって二人は兄妹なんかではないのだから。

「ふ……。妹は母に似ているのです。対して私は父に似ていてね。だから違いが出たのでしょう」

ベルトマスはひとまずリヴィアの話に合わせてくれるようだった。偽エレクトラについての言及はこの茶会ではする気はないのかもしれない。だがハリードの心が休まることはなかった。

「どの席に座ればいいのかな、聖女殿」

「え？　席なんてどこでもいいですよ。どうぞ空いている席へ」

「そうか。では失礼して」

ベルトマスは微笑みを浮かべたまま、リヴィアの対面に座る。用意されたティーカップに紅茶が注がれて、リヴィアはカチャリと音を立てながら紅茶を飲む。

「……リヴィア」

「なぁに、ハリード様。美味《おい》しいわよ、この紅茶」

「あ、ああ……。それはいいのだが、いや……」

分かっている。リヴィアの淑女教育など、まだまだなことは。侍従長も言っていたように、彼女に貴族としてのマナーを求めるのは間違いだ。『聖女』という噂を知っているのなら彼女が身寄りのない身という出自も知られているだろう。

現にベルトマスは貴族としては至らないリヴィアの振る舞いに怒りを示すことはない。だが、ハリードはリヴィアの振る舞いを『恥ずかしい』と感じた。今日まで他家の貴族とこうしてリヴィアを引き合わせたことはなかった。今までは、むしろ自慢にさえ思っていたのだ。リヴィアのように美しい娘を婚約者に出来て。だが、けしてリヴィアには惹かれないだろう男が目の前にいる。

ベルトマスの前では貴族らしさが……気品がない振る舞いが余計に目に付いた。ハリードの中にある基準が、彼女の美貌ではなく品位となった時。至らないリヴィアの姿を『恥』だと感じてしまったのだ。そうして彼の頭の中にちらつくのは、かつての妻エレクトラの姿だった。

彼女が妻であれば自分はこんな恥をかかずに済んだだろう。そうして苦い感情が芽生える。紅茶を飲みながら取り留めもない話を続けるリヴィア。わざわざベルトマスを呼んだのに彼の話を聞こうとはしていない。そんな状態も今は可愛いというより恥ずかしいと。ハリードにはこの茶会で実は目的があった。それはベルトマスが本物のエレクトラを匿っているか探ることだ。どうにか彼に話をさせたいと思うが、中々そのタイミングが訪れない。リヴィアが話し続けているからだ。

「……二人は今、婚約中だったかな」

リヴィアの一方的な話に耐えかねたのか、ベルトマスが話を振る。

「はい！　ハリード様とはその内すぐに結婚する予定です！」

「その内……？　そうか」

「あ、エレクトラ様やベルトマスさんは私たちの結婚式に来てくれますよね！」

「……私が？　君たちの結婚式に？　はは！　よくも……」

「リ、リヴィア……！」

「まぁ、リヴィア様！　お二人の結婚式でしたら華々しく王都で挙げるべきですよ！」

「え、王都で……？」

流石に不味《まず》いと感じたのか、偽エレクトラはベルトマスに向けられた話を逸らす。

ハリードは彼女の態度に変化を感じられなかったが、きっと自分と同じ焦りを感じたはずだ。

「ええ！　だって貴方は『聖女』なのですよ？　王都の人たちも貴方の晴れ姿を見たいに違いありません。英雄と聖女の結婚式はぜひ王都で挙げてください。そうだわ、私の知り合いに色々と都合をつけてくれる人も居ますから。今度、商人を呼ばせていただきますね」

「まぁ！　ありがとうございます、エレクトラ様！」

そうして綱渡りのような、いつベルトマスの逆鱗《げきりん》に触れてしまうか分からない。そんなお茶会が続いた。ハリードは終わり頃になるともう胃が痛んでくる。だが、そんな時間もあっさりと終わりを告げた。リヴィアがティーカップをひっくり返してベルトマスに掛けてしまったのだ。

「……今日はこれで失礼させてもらう」

ベルトマスは怒りの表情さえ見せず、それだけ言って、ただ立ち去っていった。ハリードはまだリヴィアには他家の貴族と会わせるには早い、と。そう判断する。波乱のお茶会は失敗に終わったのだった。

　騎士であるリシャール様と一緒に私はグランドラ辺境へ向かうことになった。

　もちろん、あくまで教会の人間、シスターとしてだ。貴族の女性として振る舞わないといっても若い男性であるリシャール様と二人きりの旅ではない。これは私がそう願ったというよりリューズ神父とリシャール様の気遣いね。私たちは辺境へ向かうという小規模商会の馬車に一緒に乗せてもらうことになったの。

「ご同行させていただきまして、ありがとうございます。リブロー商会の皆様」

「いいの、いいの！　シスターと騎士様なんて珍しい『荷』もそうはないからね！　しかも騎士様は護衛が出来る腕前ときた！　縁起も良ければ実力もいいなんて断る理由はないよ！」

　そう言って笑ってくれたのはリブロー商会の会頭。女性である。

「私はアナベル。アナベル・リブロー。よろしくね、シスター・エレン。リシャール卿」

「はい、よろしくお願いします、アナベル様」

　ピンク色の髪をしたアナベル様は私とそう歳《とし》も変わらない年齢に見える。二十代前半の女性で、旅のために動きやすそうな服装をしていた。商会を経営するには、かなり若い方と言っていいのではないだろうか。ちなみに私も旅装に着替えているのよ。

「ん？　どうしたの？」

「あ、いえ、お若いなぁ、と。会頭をされるにはということですが」

「あはは！　会頭とは名ばかりで商会本家から分けた小さな一団を任されているだけだよ」

「そうなんですか？」

「ああ、だからこそ自由に商売出来るんだけどね」

まぁ、それは中々。数奇な運命を生きていそうな方だわ。そうして、リブロー商会の一団と一緒に辺境へと向かう私たち。まっすぐに向かうのではなく、各地にある村を経由しての旅だ。

私とリシャール様は急ぐ旅ではないし、これもいい経験だと商会の『仮会員』という扱いで彼らに受け入れてもらった。ちなみにお給料も少し出るらしい。リシャール様はともかく私は馬車の旅に貢献しているとは言い難いのだけど。

「何言っているの。貴方は治療魔法が使えるんでしょう？　何かあった時にはお願いするから。そういうのも含めてのお金だよ」

「それは……はい、そういうことなら」

確かに。私でもそれならお金を払うわね。実際それでお金をいただく側に立つとなると申し訳なさがあるのだけど。

「あんたの憂いがそのままであれば、無事に旅を終えられたってことだ。出番がないことを祈っておいてちょうだい」

「それも確かに」

治療魔法の出番なんてないに越したことはないものね。アナベル様は気風のいい姉御肌な人物のようだ。同行している皆にも好かれているみたい。

リブロー商会が取り扱う品は様々なものがあった。街から街へ移動するにあたって需要を見極めて仕入れをしているのだとか。一つの商材に拘らないためか管理が大変そうだ。私はそちらの管理の手伝いもすることになる。これでも元・貴族夫人だからね。こういう仕分けも出来なくはない。ちょっと勝手が違うけどね。まぁ短い間だから。

グランドラ辺境伯領はランス王国の西側に位置するのだけど、私たちが居た教会からだとそれなりの距離がある。西へ、西へと旅を続けていく傍ら。私は商会の皆さん、そしてリシャール様と仲を深めていった。

「はぁ、公爵家の騎士たぁ、えらいところから来たな」

「それで動かせなくなった腕を治してくれたのがエレン嬢ちゃんと」

「そうなのです。彼女は一生の恩人ですよ、足を向けて眠れません」

「いやぁ……その」

出来ちゃった治療魔法だからねぇ。そう感謝されると私も困ります。

「あんまりそんなに凄い人には見えねぇけどなぁ」

「実際、たまたま才能があっただけですから。偉くもないですし、ただの幸運の巡り合わせですよ」

治療魔法の才能を活かすために辺境を目指しているはずなのに、お話をしながら商売方面の興味も湧いてきてしまった。リブロー商会のような旅商人はそれなりに居るけれど。こうして、彼らがどんな風に商売しているのかを深くまで知る機会はそうないわ。そうして街を転々としながら移動を繰り返して、彼らと仲良くなって……。そんな、ある日のこと。

私たちはある村にまで辿り着いて、そこで足を止めることになった。なんてことはない田舎の村といった情景。場所は山の麓付近にある。街道や山道が村に繋がっていて山を通っていく時の中継地点としてある村ね。私たちはこの村を通り抜けて先へ進む気だったのだけど。

「この先はどうも危ないらしいぜ、アナベルさん」

「うーん」

「どうかされたのですか？　アナベル様」

「ああ、シスター・エレン。いやねぇ、この先でさ。どうも『出る』らしいのよ」

「出る？」

オバケかな？　それはちょっと怖い。

「いわゆる山賊ってヤツがねー」

「山賊！　本当ですか？」

「そうなんだ。どうも、こっち方面は治安が悪くなっているところがチラホラあるらしくてなぁ」

二年間、グランドラ辺境伯領は魔獣との戦いが続いていた。それなりに人も居て、防壁建造には人員や物資も持ち込まれて……。ある意味で栄えはしたのだけれど。

戦力となる騎士たちの多くは魔獣との戦いに掛かりきりだったのだ。つまり、その分、『人間』に目を向けることが困難だった。とはいえ騎士たちが多く居た辺境伯領で暴れることはなかったのだろうけど。そこから外れた場所では騎士に目を付けられることがなくなって、と。要するに治安が悪化してしまったようだ。

「では、迂回《うかい》しますか」

「それが無難だろうね」

この一団は主に商人でしかない。リシャール様と数人の護衛は付いているものの好き好んで山賊に襲われることもないだろう。

「でも、かなり遠回りになるんだよねぇ、この道を外れると。連中もそれが分かっているからこそそこを縄張りにしているんだろうけどさ」

「そういう問題もあるのですね。ですが命あっての、それに物資あってこそ、ではないですか？」

「……うん。ただね」

実は、更に問題があるという。そちらの問題は私たちの問題というよりは。

「山奥にも村があって、そこに物資を運べなくなっている？　それは……」

通りたい街道を山賊に塞がれているせいで以前まで交流のあった村と連絡が取れないらしい。

それは心配だ。心配だけど、でも。

「心配ではありますが、私たち、いえ、アナベルさんたちが解決すべき問題でもないような」

「まぁね。ただ、近隣の村々から食料を集めて運ぶことは出来るなぁ、とはね。それは商人の仕事でしょう？」

「……そうですね」

山賊のせいで孤立してしまった村は心配だ。連絡が途絶えたのは最近らしいけれど。山奥では、物資の運搬が滞れば死活問題だろう。とはいえ私の立場と能力で進言出来る案がない。山賊の規模も分からないため、対処するには騎士団の力を借りる他ないわ。

「近隣の騎士団への要請は？」

「しているみたいだけど、すぐには来れなそうな見込みだとさ」

皆して『うーん』と悩む。どうにかしてあげたいという気持ちはあるのだけど自分たちの安全を確保した上での案が思い浮かばないのだ。

「……あの。俺が一度、偵察に行ってきましょうか」

そこで手を挙げたのはリシャール様だった。

「偵察？」

「現状、山賊がどの程度のものか分かりません。少なくとも無策で突っ込むのはなしでしょう」

「それはそうだね」

「俺一人なら身軽ですし、危険と思えばすぐに引き返して逃げられます。それに……」

「それに？」

「ある程度の相手であれば複数人が相手でもどうにかなります」

リシャール様の自信のある一言に、私やアナベル様は顔を見合わせるしか出来なかった。


結局、色々と話し合った結果、リシャール様が単独で偵察へ向かうことになった。

「……貴方が心配です、リシャール様」

「無理はしませんから。怪我を負ったとしてもどうにか貴方の下まで帰ってきますよ、エレンさん」

「怪我はしないようにして欲しいです」

足取り軽く山へ向かうリシャール様を私は心配しながら見送る。

私たちが行く先の道には最近山賊が出るようになったという。その道が塞がれると先へ行くのにかなりの遠回りをしなければならない。商人たちにとってはとても迷惑な話で更にそのせいで孤立してしまった村まであるらしい。近隣の騎士団の対応は遅れる見込みで色々とそういった条件だからこそ山賊もやりたい放題しているのかもしれない。そんな状況下、リシャール様は一人で問題の山へ偵察しに向かった。残された私たちは彼の無事を祈るしかない。

「本当に大丈夫なのでしょうか」

「信じてやるしかないけど、私たちも出来る限りのことはしようか」

「出来る限りのことですか？」

私は首を傾げてアナベル様を見る。

「山賊が根城にしている予想地点なんだけどさ、割とこっちの村に近いのよ」

彼らがいるのはあまり山奥ではないのね。ということは？

「私たちにも護衛が付いているけど。リシャール卿と入れ違いでこの村を襲ってくるとか、そういうこともあるかもしれないでしょう？」

「ええ……!?」

そういうことは彼がいる時点で話し合って欲しい。

「ではどうするのですか？」

「簡易的なバリケードを作っておくの」

近隣の村と山賊の諍い、基本的に私たちは介入するような立場ではない。人並みに心配はしているし、自分たちの目的や利益のために解決はしたいのだが、命懸けのリスクには見合わないと思う。そのなかでリシャール様単独の偵察は、彼の実力と自信があってこそギリギリ見合う案だったのだけど。

「私にも手伝えますか？」

「もちろん！」

村は木製の囲いの中にある。魔獣の恐怖があるのでその対策だ。でも他所の整備された街に比べるとその囲いは心許ないものだ。本格的な対策をするならば資材を運び、レンガで壁を作るだろう。今から手を付けるのはこの場で戦いやすくする、迎撃しやすくする程度のものらしい。もちろん資材は買い取ったり物資の交換をしたりでリブロー商会が手に入れた。

「こういうことには手慣れているのですか？」

「んー、魔獣騒ぎはグランドラ領が一番有名になったけど。被害自体は、どこでもあるものだもの。野営の時とかもね、ほら」

「なるほど」

今から作るのは野営時の魔獣や賊対策のようなものらしい。商会の馬車を中心にした簡易バリケードの設置。それを盾にして襲ってきた敵と戦う、と。私たちが訪れた村に、山賊が侵入出来ないようにするために商会の馬車をバリケードにするのだ。設置するのは山方面の村のすぐ外。もし、何かが起きた際にはここで山賊や魔獣の足止めが出来るし、その間に助けを呼んだり避難を呼びかけたりも出来る。

ただ村を襲うほどの規模の山賊なんているのか。情報からするとそれなりの一団だとは思うのだけど。常に同じ地域で商人を襲っているとなると、いずれは騎士団が出てくる。流石にそうなれば壊滅させられるはずで実際に既に騎士団への要請は行われている。そうなるのは山賊たちだって分かっているはずだ。だから、いずれはここが危ないと判断してどこかへ逃げるなりすると思う。

「騎士団が来ないって分かったらここぞとばかりに村を襲って、そのままどこかへ逃げてってこともあるかもしれないよ」

アナベル様は最悪な例を挙げた。私はその懸念を聞いてどこかピリピリとした嫌な空気を感じる。

「……投石用の石とかもあるといいですね」

「お？　やる気だねぇ、エレン嬢ちゃん」

投げつけるための石やら何やらを更に確保していく。気分は模擬戦のようでもあるが、どことなく作業には緊張感が漂った。リシャール様が無事であればいいのだけど、と。そう祈る。


そして。私の嫌な予感は当たってしまった。

「……連中」

どう見ても一般の人間ではない一団。それも武装した一団が山側から現れたのだ。唯一の救いは彼らに負けたリシャール様の死体を運んでいるなんてことはなかったこと。リシャール様は彼らとは入れ違いになったのか。ということは時間稼ぎをすれば、いずれ彼が戻ってくるはず。

ならば、今ここですべきことは山賊たちの足止めだ。私は咄嗟《とっさ》に考えた台詞《せりふ》で呆然としている皆の意識を現実に引き戻すことにした。

「魔獣が現れました！　彼らは人の姿をしたウェアウルフ！　容赦する必要はありません！　全員、攻撃準備！　手筈通りに一匹残らずヤツらを殺します！　騎士団がすぐに駆けつけてくるわ！　それまで私たちで彼らを一匹でも多く殺しましょう‼」

私は可能な限りの大声を張り上げ、威嚇の姿勢を取る。

「ウェアウルフ？　何言ってんだ！」

山賊たちが私の台詞に反応して声を上げる。それも彼らからの威嚇、威圧だろう。こちらを見くびっているならばニヤニヤと余裕を持たれるだけ。きちんと私たちに『反撃の意思』があることを示さなければ時間稼ぎは出来ない。私は、かつてヴェント家で培ったなけなしの武芸方面の経験を引っ張り出し、次の手を打つ。とにかく、こういう時は声を張り上げること！　まずは声を出していけば身体も動く！

「攻撃ぃぃいい、開始ッ!!」

大声を張り上げながら私は前に出る。そして魔法を行使した。私の治療魔法が他の治療魔法とは違うところが、全力で魔力を注ぎ込むと黄金の光の奔流が発生する点だ。今回は誰を治療するでもなく、ただ魔法を行使して『光』を発生させた。そう。要するに『目眩《めくら》まし』だ。山賊たちに視覚的な脅威を与えるのが目的。

「うっ……!?」

山賊の一団は先程までこちらに恐怖を与えるように武器をチラつかせながら、ゆっくりと歩いてきていた。こちらの反応を楽しむような素振りだった。そこで私の先程の号令だ。

意表を突けたのは彼らの表情から間違いない。そして予想外の光で視界を奪われた後は。

「……石を！　投げますよ！」

味方陣営もまだ固まっていて対応が遅れている状況。そんな彼らに向けての声掛け。私は手頃な石、それも投げやすい小さな石を取って彼らに向けて投げた。

……残念だけど届かなかった。軽かったのに。

でも、私の気迫というか、その行動からやりたいことは伝わったらしい。アナベル様が私の後を引き継いでくれた。

「目標！　ウェアウルフの群れ！　あいつらは人間じゃない、魔獣だ！　簡単にくたばると思うな！　一匹ずつ確実に殺せ！　腕を潰して、目を潰して、耳を潰して、首をかっ切れ！　心臓に矢を放て‼」

彼女の言葉に続けて護衛の人たちが武器を掲げて雄叫《おたけ》びを上げる。

「「「うぉおおおおおおッ‼」」」

私は馬車にある商品の鍋を思いきり叩《たた》きつけてカンカンカン！　と大きな音を鳴らしまくった。

こうして騒ぎ立てることで村人たちにも緊急事態が伝わりやすいし、彼らが逃げる時間を稼ぐことや、それに自警団の応援が来るかもしれない。更にアナベル様が商会員の一人を村への伝令に走らせた。これで状況は、村人たちにも伝わるだろう。……騎士団の応援は本当は期待出来ない。

山賊たちが私たちの抗戦に怯《おび》えて諦めて逃げてくれるのが一番いい。そうでなければ事態に気付いてくれたリシャール様が戻ってきて、そして彼の実力が一騎当千であること。それだけが一縷《いちる》の望みだ。かくして小さな商団による、小さな村の防衛戦が開始された。

リブロー商会のメンバーと護衛を中心に構築した簡易バリケードを挟んで山賊と相対する。光と音と雄叫び、そして私の宣言で相手を威嚇し、こちらからの反撃の意思を示した。続いて商会の男性が目眩ましで怯《ひる》んでいた男の一人に投石を命中させる。

「よし！」

ああ、あれが私のやりたかったことだ。私の腕力では石が届かなかったのだけど。

「ぐっ……！」

しかし、当たったとはいえ致命傷とはいかない。人数比的に言うとこちらがかなり不利だ。相手は武装も充実している様子。ただ幸いなことに弓兵の類は見受けられない。皆、近接の武器を持っているだけに見えた。私は鍋を鳴らして威嚇しつつ、村人たちに音で緊急性を伝えていたのだけど。

時間稼ぎのためにもここは私が『口先だけ』で相手を翻弄するべきだと判断した。

さっきからやっていることだ。如何にもこちらは準備してきた、と。とにかく反撃し、どころか彼らを仕留めるつもりでいるのだと示し、彼らの行動を鈍らせる。槍《やり》代わりにバリケードを作るために用意していた木材を手に取り、ささっと布を巻き付けて『旗』にする。そして資材の上に登り、私は旗を掲げながら声を張り上げた。

「前衛！　あの魔獣たちは三人で一匹を確実に葬れ！　お前たちの剣には毒が塗ってある！」

もちろん出任せ、ハッタリだ。そして、あえて山賊たちに聞かせている。

「自分たちを傷付けないように注意して毒の刃《やいば》を振るえ！　確実にヤツらを一匹ずつ殺すんだ！」

「……了解！」

「承知しやした、姉御！」

姉御って。まぁ、そういう感じで持ち上げてもらった方が相手への威嚇になると思うけど。

「落とし穴地帯を通ってくるヤツは無視していい！　突出してきたウェアウルフだけに狙いを定めろ！」

当然落とし穴なんて仕掛けていない。相手が直前までこちらの動向を調べていたならハッタリと気付かれるだろう。でも先程から私が発している言葉に山賊たちは翻弄され、その足を止めていた。落とし穴。毒の刃。騎士団の応援が来る。そういったありもしない情報を的確に彼らに刷り込んでいく。そして確実に一匹ずつ殺すという目的を双方に伝えて彼らに突撃を躊躇《ちゅうちょ》させ、味方には狙いを集中させた。

少しだけ高い場所に立って、旗を振って大声で指示を飛ばす私の存在に彼らは躊躇している。さっきから畳み掛けられ続けている情報に謎の光による目眩まし。彼らの混乱と戸惑いは見て取れた。確実に出鼻を挫《くじ》いたと言っていいだろう。……全部、何もかもハッタリではあるのだけど。

味方の投石が彼らに届き、致命傷でなくとも攻撃が叶ったことも大きい。こちらには戦意があると彼らに突きつけられた。この襲撃が簡単なことでは済まないと、とにかく彼らに思わせるのだ。

騎士団の到着を匂わせてタイムリミットもあるように感じさせて。山賊たちが互いに顔を見合わせている。どうするべきかと悩み、足を止めているのが分かった。

その中で一人、集団のリーダーらしき男が前に出てくる。足元を警戒しているのは私の『落とし穴』発言を警戒しているからか。すべて信じたワケではないはずだ。だが、まったくのデタラメとは断じていない様子。

「誤解だ！　俺たちは魔獣じゃねぇ！　そのウェアウルフでもねぇぜ！　聞いてくれ！」

……と。山賊はなんと対話を求めてきたのである。視界の端で商会の面々が顔を見合わせているのを感じた。私の近くにはアナベル様が控えてくれている。

「俺たちは……！」

「耳を貸すなッ‼　ウェアウルフは人語を喋り、人間の警戒を解く魔獣だ！　投石用意！　ヤツが近付いてきたら一斉に石を投げつける準備をしろッ‼」

私は男の言葉を遮るようにそう声を張り上げて味方陣営に石を構えさせた。実際に投げつけるのはまだ早い。だけど石を投げつける姿勢を取ることで山賊たちが無闇に近付いてくる状況を防いだのだ。……分かるわ。だって、こちらとしては対話が叶う相手であれば、どんなにいいことか。

だからこそ、ああして言えば私たちが話に乗ってくると思っているのでしょう。

それは恐怖から。『そうであればいい』と思う、こちらの願望につけ込んだ卑劣な行為。対話を求めている相手が武器を構えてニヤつきながら近付いてくるはずがないのに。

「だから！　俺たちは魔獣じゃねぇって言ってんだろうが！」

男は激昂しつつも足を止めている。味方の投石態勢が功を奏した様子だ。

「なぁ？　話を聞いてくれよ。俺たちこう見えて困ってるんだ。世の中話し合い、ギブアンドテイクってもんだろ？」

胡散臭い笑顔をしながらこちらの様子を窺う男。どうにか近付こうとしているのは明らかだ。後ろに控えている山賊の仲間たちは前に出てきた男に任せているらしい。

味方の戦力は主に護衛の三人だけ。商会の男性陣は私よりは動けるかもしれないけど戦闘に長《た》けているワケではない。彼らは私の言葉を受けて投石の姿勢を取っている。それが威嚇になると理解してくれているのだ。問題なのは投石用の石がそこまで用意出来ていないこと。この威嚇による防衛は長続きするものじゃない。村に走らせた伝令により伏兵が居なければ村人の逃亡は出来るかもしれない。そのためにも時間稼ぎは必須だ。可能であれば村の自警団には合流して欲しい。人数が居れば私たちもどうにか生き延びられる目がある。

やはり、この場面での頼みの綱は、リシャール様の帰還しかない。山中に入ってしまった彼に、どうやってこの事態を伝えるか。

「けして剣を下ろすな！　ヤツが大きく動いたら容赦なく投石を開始！　こちらに近付こうとしたならば落とし穴に追い込みつつ、毒塗りの剣を突き立てろ！」

「「はい‼」」

私の聞こえよがしの指示に大きく返事をする護衛たち。理解力があってノリがよくて助かる。

「……おい！　だから話し合いをしろって言ってんだろうが‼」

ビリビリと震えるような大声。正直言って私だって物凄く怖いのだけど、今は少し興奮し過ぎて自分で自分が何をしているか実感していない。あの現実感のある夢で『死』を体験したせいなのか。少しテンションがおかしい状態だ。けど、ここで声掛けを行っている私が怯えていると悟られるのは不味い。こちらは如何にも作戦を立て準備をして迎撃をしています、というハッタリが大事なのだ。最初にハッタリを言い出した私がこのまま如何にも『将』の立場を貫くしかない。アナベル様もそれが分かっていて私のそばに控えてフォローに回ってくれている。

敵の言葉には応じず対話を拒否。ただ攻撃姿勢によって威嚇し、膠着《こうちゃく》状態を維持する。

「……おい、近付くぞ！　俺は人間だ、魔獣じゃねぇ！　俺はお前らの味方だ！　いいな⁉　だから攻撃してくるんじゃねぇぞ！」

私は男の言葉に応えない。『止まれ』とも言わない。それは対話だ。山賊の目的はこちらと対話をすると見せかけながら近付き、一撃を加えて混乱させることにある。それを皮切りに後衛が突撃してくるだろう。最初は警戒するかもしれないが実際には落とし穴なんてないし、毒の刃もない。騎士団の援軍も来ない。彼らが突撃してきたら、こちらは終わりなのだ。だけどハッタリでの時間稼ぎにも限界がある。リシャール様がこちらに戻ってくるのがいつかも分からない。今の私の持ち札で出来ることは他にあるのか……。

「リブロー商会の皆さん、そして護衛の皆さん。私を信じてくれますか……？」

「………？」

私は味方にだけ届く声量で話し掛けた。視線は落とさず、山賊たちを睨み付けたまま。

私に出来ることは、ただ一つだけだ。

「……私は、人よりも治療魔法が得意です。それを皆様に見せる機会が今までなかったですけど。先程の黄金の光は私の治療魔法の光です」

理論上は出来るはず。魔力の出力の問題ならばおそらく私の才能と魔力なら。

「私は離れた場所にいる人にも治療魔法を掛けることが可能です」

だから。

「……貴方たちが致命傷を負ったとしても必ず『すぐに』回復させてみせます！　リシャール様の一生治らないはずの腕を治したみたいに！」

つまり。

「私を信じて命懸けで……戦ってくれますか？」

死なばもろともで戦ってくれ、と。私は彼らに言っているのだ。すぐに治すから。致命傷を覚悟で突撃せよ、と。

「……！」

視線を完全には向けられないけれど彼らが青い顔をしているのが伝わる。でもこの状況では前衛の護衛たちを主軸に戦ってもらうしかない。数の不利があると分かっていても、だ。活路は私の治療魔法しかない……と思う。

「――――！」

私は先程のように治療魔法を前衛三人に向けて掛けた。少し距離の空いた場所にいる彼らに、だ。光の奔流が発生し、山賊たちを警戒させて怯ませて。治療魔法を受ける側はほんのり温かさを感じる。前衛に私の魔法が届いていればそれが感じられたはずだ。

「……どう？」

「……、……」

護衛の三人は互いに顔を見合わせている。気休めかもしれないが確かに私の魔法は彼らに届いたらしい。

「……分かりました！」

「俺たちの命、姉御に預けます！」

護衛たちは意を決し、私の案に頷いてくれた。これで前衛三人が突撃の意志を固め、反撃の手筈《てはず》は整った。あとは突撃指示のタイミングだろう。

山賊側の陣形は後衛にまばらに集まった状態。落とし穴を警戒してか一定距離を空けて止まっている。一人だけ突出して交渉まがいのことをしてくるのは山賊のリーダーのような男。じりじりと距離を詰めている。こちらからは先に動けない状態だった。

「分かってくれたかぁ？　俺らは魔獣じゃねぇ、人間だ。な？　物騒なもんを下ろせよ」

山賊はゆっくり、ゆっくりと近付いてくる。後ろにいる彼らもそれに合わせてにじりよってきた。冷や汗をかきながら味方陣営は恐怖に耐えて私の号令を待つ。いよいよ限界の距離まで近寄られたところを見計らって私はまた声を上げた。

「見よ！　ヤツらが魔獣である証《あかし》を！」

「おいおい、だから……」

男が私の言葉にイラついているのが分かる。どうせならば、もっとイラつかせた方が彼らの判断力は下がるだろう。

「あのようなブサイクな人間がいるか⁉　ヤツの歪《ゆが》んだ、ブサイクな顔こそが、魔獣の証明！　見ろ、あの醜い顔を！　ここまで漂ってくるような、臭い体臭を！　あんなにブサイクで、臭い者が人間であるものか‼」

「なっ……！」

「後ろのヤツらもなんと醜い！　ヤツらのブサイクさで人間を名乗れるはずがない‼」

私の言葉には流石に敵味方問わず虚を衝《つ》かれたらしい。完全なただの悪口。罵詈雑言であり中傷である。でも、おそらく女性に言われたら傷つくと思う言葉。一瞬でそれまでの取り繕った態度を変え、沸点を超えて彼らは激昂した。

「てめぇえええ‼　ふざけんじゃねぇぞ、コラァ‼」

先頭の男が私の挑発に乗り、大きな武器を振り上げて突撃してくる。狙いは私だ。

「……投石、始めッ‼」

「「おおおおッ‼」」

商会の男性たちで突撃してくる男に石を投げつけた。同時に後ろの男たちも向かってきた。

「前衛、進んで！　そいつにだけ集中！」

「「はい‼」」

私も意識を集中して彼らに治療魔法を掛け続けるつもりで魔法を行使した。命懸けの、無限治療アタック。あまりにも無謀な賭けだがこれ以外に打つ手がない。

「おらあああ‼」

「ぐぁ！」

山賊のリーダーが護衛三人を蹴散らすように暴れる。実力差があるらしい。だからこそ後ろの彼らはあの男に成り行きを任せていたのだろう。

「ぎゃっ……！」

護衛の一人が山賊に切りつけられ、血飛沫《しぶき》が舞う。ニヤリと笑う山賊のリーダー。

「怯むなッ‼」

だけど私は彼の戦意を失わせないように鼓舞しつつ、全力の治療魔法を行使した。すると怪我を負った彼の身体が黄金の光に包まれ……。

「う……おおおお‼」

「なっ⁉」

たった今、切り捨て致命傷を負わせたはずの相手がすぐに回復して動き始めたことに、山賊のリーダーが驚愕《きょうがく》する。

「うぉおおおおッ‼」

私の言葉が嘘《うそ》ではないと確信を得た他の二人が勢いづき、更に追撃に飛び掛かった。

「なっ……、この、ぎゃっ……！」

如何に実力者といえど一人で三人の相手は厳しいのだろう。いや、致命傷をすぐに治して突撃してくるなど異常事態だ。それが山賊のリーダーに混乱を生んだ。

「「「ぉおおおお‼」」」

そうして三人掛かりで攻撃し、反撃してもすぐさま治る身体を目の当たりにして。山賊のリーダーは対処の術を失って……落ちた。

「が……は……」

「な……！」

落とし穴を警戒しつつ、突撃の機会を見計らっていた山賊たちは、あっさりとやられてしまった男の姿に言葉を失う。正直に言って『やった！』と思った。彼らのリーダー格らしき男を倒したのだ。だから彼らも逃げていくのでは、と。……けど、その考えは甘かった。

「かしらぁああ！」

「てめぇらぁあああ！」

ビクッとその声に震える。仲間の一人を倒された彼らが激昂して、私の刷り込んだ偽情報を無視して突撃してきたのだ。護衛の三人がそれに対処する。けど、後方に居た彼らはそれで気付いてしまった。『落とし穴なんてない』と。

「はっ……！　てめぇ、ふざけんじゃねぇえええッ‼」

当然、彼らの怒りはハッタリで彼らを騙《だま》した私に向けられた。殺意の込められた怒声に私は明確に恐怖を感じる。落とし穴という脅威がないなら毒の刃という脅威もない。それが見破られた。彼らにあるのは身内を倒された怒りのみ。少数の戦力といつまで続くか分からない治療魔法だけがこちらに残されている。

「あの女を引《ひ》き摺《ず》りおろせぇ！」

旗もどきを掲げている私に山賊たちは怒りを向けてくる。明確な終わりが見えた、その時――

ドガッ！

「ぎゃうっ！」

「⁉」

私たちとは別の方角から飛んできた何かが、山賊の頭にぶつかって倒した。

「なんだ……⁉」

私はその何か……大きめの石、岩？　が飛んできた方向へ視線を向ける。そこには全速力で駆けてくるリシャール様の姿が見えた。

「ああ……！　リシャール様！」

間に合った！　私が思っていたよりもずっと早く彼は事態に気付いてくれたらしい。私は恐怖で震える身体を奮い立たせ、治療魔法に意識を傾ける。リシャール様の実力をまだ完全には把握していない。でも実力者に私の治療魔法を掛け続ければ、数の利があちらにあろうと勝機はある！

「……なんだお前はっ」

山中から凄《すさ》まじい速度で駆けてくる彼を山賊たちも脅威に感じたのだろう。こちらへの意識が逸れて迎撃の構えに移る。

「速い！」

あっという間に山賊たちに迫る姿に彼らは危機感を覚えたのが分かる。

「うおおおっ！」

だが、切り結ぶ距離に至る前にリシャール様はなんと自らの剣を投げつけた。

「ぎゃっ」

凄まじい速度で刃先をまっすぐにして投げつけられて剣を防ぐことが出来ず、男が一人貫かれる。

だが、これでリシャール様は武器を手元から失くしてしまった。

「てめぇええ！」

その一撃の間にあっという間に山賊に肉薄していたリシャール様は身を屈《かが》めながら足元から滑り込み、山賊の攻撃を避《よ》けた。そして片腕を男の足に引っ掛け、男を引き倒すとすぐさま体勢を変え、身体を半回転させながら武器を持った男の腕に膝を落とし、潰す。

「ぎゃあ！」

そして男の武器を奪い取ると、その武器で近寄ってくる男への攻撃に転じた。

「ぎゃ」

「ぐぁ！」

山賊たちの武器を奪い、投げ捨て、果ては二刀流の構えになって。リシャール様は見る間に山賊たちを葬りさっていく。まさに鬼神、まさに無双。血の色をした小さな竜巻のように、山賊たちは次々と倒されていったのだ。

「……うわぁ」

私たちはそれを呆気《あっけ》に取られて見ているしか出来なかった。先程まであれほど命懸けの緊張感に包まれていたというのに。私たちは確かに村防衛の主役だった。だが、リシャール様が駆けつけた途端、私たちはただの『観客』と成り果てていた。援護する暇も必要もなかった。彼は一人で私たちの脅威を退けたのだ。一応、私は彼に治療魔法を掛け続けていたのだけど。その意味も、あまりなかったと言っていいだろう。やがて彼が山賊全員を打ち倒した後、商会の皆さんは一斉に歓声を上げた。私は気が抜けて、というよりも治療魔法の常時展開でフラフラになって、その場にへたり込む。

「エレン！　大丈夫⁉」

「……はい。少し疲れただけです、アナベル様」

「よくやってくれた。リシャール卿が解決してくれたけど、それもエレンが頑張ってくれたからよ」

「そんなことは……」

いや、あるのかな？　でもあの場での最適解は、ああすることだったと思う。我ながら、どんな度胸だと言いたくなるけれど。

……別に、この件での予知夢は見てない。仮に回帰していたとしても、私の命は激流に流されて終わっていたはずで。こういった状況の耐性はあまりないと思う。でも動けた。過去の経験を照らし合わせてみても流石にここまで命懸けの暴力沙汰に直面したことはない。こういった経験は私にはなかったのだ。でも私は怖さよりもその場の最善を優先することが出来た。それは、勇気というよりは恐怖の麻痺《まひ》という感覚だ。感謝するべきは実家の家風だろうか。ヴェント家の教育があったから動けたのだと思う。今まではちょっと違う貴族令嬢の教育だと思っていたけど。価値があったわ。本当に。

「はぁ……」

とにかく商会の皆が助かって良かった。私は皆が無事に生きている姿を見た後、気が抜けたのか……そのまま意識が遠のいていく。

最後に見たのは慌てたように駆け寄ってくるリシャール様の姿だった。

私が目を覚ましたのは、気を失ってから半日後だった。そばにはアナベル様が居て、おそらく私の看病をしていてくれたのだと分かる。場所は、リブロー商会の野営用テントの中だ。私は自分に掛けられていた毛布を彼女に掛け直し、そしてテントの外へ出た。もう日が暮れていて辺りは暗くなっている。

「あ……」

テントを出てすぐのところ。焚火《たきび》の番をしていたのはリシャール様だった。

「リシャール様」

「エレンさん、良かった。目が覚めたのですね」

彼は慌てて立ち上がり、とても心配そうに私を見つめる。昼間に起きた戦いで鬼神の如《ごと》く強かった彼のこうして慌てた様子を見ると……。なんだかその落差に自然と微笑みが零れた。

「ええ、私は大丈夫です。魔力を使い過ぎたのと、あとは緊張が解けて気が緩んでしまったから気を失ってしまったみたいですね」

「まだ無理はしないでください。中で休んでいても……」

「もう充分に寝てしまいましたから。しばらく寝られないと思いますよ」

「……そうですか。では、エレンさん。こちらへ来て座ってください」

「はい、そうさせていただきます」

私が座ろうとすると、リシャール様はどこからか布を取り出して、背もたれのない簡易式の折り畳み椅子の上に敷いた。こういう振る舞いを見ると育ちがいいのだろうな、と思う。

「……心配しました。とても」

リシャール様は私の近くに座ると私を見ながらそう告げた。

「そういえば、リシャール様はとても早く駆けつけてくれたと思います。あれはどうして？」

「エレンさんの魔法の光が見えたんです。山中で彼らのアジトらしき場所の近くに居た時でした」

「ああ！　あれが」

山賊への威嚇用に使った治療魔法は治療のためではなく発光現象を強く意識して使った。

なるほど。あの光を見て帰ってきてくれたのか。

「じゃあ、私がどうにかしようとあがいたのは無駄ではなかったのですね」

「無駄だなんて。窮地の時にエレンさんが一番頑張ってくれたと聞いています。リブロー商会の皆も感謝していましたよ」

「ふふ。頑張ったのは私だけじゃありませんけどね。特に前衛の三人は本当に辛い戦いを強いてしまいました。彼らは無事ですか？」

「はい。怪我も残っていないそうです」

「それは良かった」

心配だったのよね。山賊に斬られてしまっていたから。あの時はあれ以外の選択肢がなかった。でも、怖かったはずよ。

「リシャール様が来てくださって皆も命が助かりました。ありがとうございます」

「……はい。こちらこそ。彼らに抗《あらが》ってくださって、生き残ってくれて、ありがとう。エレンさん」

リシャール様はなんとも言えない切なそうな表情で私を見つめて、そう言った。

「リシャール様？」

「……エレンさんが無事で、本当に良かった。貴方に何かあったらと思うと。俺はあの光を見て、すぐに何かが起きたのだと思い、必死になって山を駆け下りました。たとえ他に道がなかったとしても貴方のそばを離れるべきではなかった。貴方の護衛失格だと後悔して……」

「ええ？　そんな、そこまで気に病まなくても」

「いえ。気が抜けていました。俺は貴方のためにここにいる。だから……」

「ちょっと待って。リシャール様」

私は手を伸ばして彼の口を塞いだ。近くに座っていたけれど、ぐっと距離が近くなる。

「んぐ」

突然の行動にリシャール様が困惑しているのが伝わってくる。彼の力なら私の手なんて払いのけるのは簡単だ。でも彼はそうしなかった。

「貴方は護衛失格なんかじゃありません。助けてくれたじゃないですか」

「……ですが、エレンさんを危険に晒しました」

「リシャール様。確かにそれは護衛として気になってしまうことでしょう。でも私は無事に今、生きています。貴方が思うのは……後悔や反省だけですか？」

騎士としての責任感が強いのか。ううん、でも彼のこの気持ちは……。リシャール様にとっての私は大きな恩がある人間だ。だからこそ彼は強く私を守ろうとしてくれる。私のことを神格化しているような気がするの。

「いえ……。貴方が無事で本当に良かった、と。……嬉しいと思っています」

「ふふ、ありがとう。私もそうです。貴方があんなに強いなんて知らなかったから。頼ってしまいましたけど、あれだけの人数を相手にリシャール様は一人でなんて、無茶をさせてしまった。それで貴方がまた大きな怪我をしたり命を落としたりしていたら、私はとても……」

悲しい。うん。そうならなくて本当に良かった。

「お互いに無事で良かった。それでいいじゃありませんか」

「……エレンさん」

私は彼に微笑みかける。真面目な人だとは思っていたけど強情でもありそうね。私のことを優先し、守ろうとし、尽くそうとする気持ちがとても強い。それだけリシャール様の中で私への恩義が大きかったのかもしれないけれど。でも私は……彼に恩だけに囚われて欲しくないと思った。騎士としての忠誠や救われた側としての恩義。それらだけの感情では一線を引かれているようなものだもの。私は、それだけじゃ。

（……あれ、私）

『それだけじゃ、嫌』と。そう思っている？　つまり、それって。

「エレンさん？　顔が赤くありませんか？　何か熱でも……」

「あ、いや、その！　な、なんでもありません……！」

いつの間にか仄かに芽生えていた感情に、今はまだ名を付けられないでいた。私はその場をなんとか誤魔化《ごまか》してリシャール様と二人だけの時間を過ごす。

ふと空を見上げて。街の灯りも少なく周囲の光源は焚火だけの場所。夜空がとても綺麗だった。

「……綺麗、ですね」

私の視線に気付いたリシャール様が一緒に夜空を見上げていた。

「はい、とても」

今日は綺麗な満月の夜だった。ちりばめられた星と月。そんな光景を彼と二人で見上げて。

まるで世界に二人だけのような気分だった。そんな時間がとても大切に感じる。

リシャール様の銀色の髪が月の光に照らされて輝いているように見えた。

彼自身が月の精のよう。……本当に。今日はとても月が綺麗だったわ。

そして、また私たちの辺境への旅が始まった。

山賊たちを退けて山奥にあるという村を訪れると、やはり困っていたようだ。物資を運んだこともあってとても感謝された。それでこの一件はなんとか片付いたのだけど。

実は辺境に辿り着くまでに似たような事件に二度ほど遭遇することになった。最初ほどの窮地ではなくて、リシャール様の強さを予《あらかじ》め知っているから対処も変わった。護衛の方たちは援護と私たちの防衛に徹し、私は治療魔法を掛ける。あとはリシャール様がバッタバッタと敵を薙《な》ぎ倒していくスタイルだ。二年以上続いた魔獣発生の混乱はこうして各地に残っているみたい。

これは、むしろ辺境にいるより各地を巡った方がいいのでは？　と思い始めている。いえ、大元であるグランドラ領の様子を確認するのも急務か。長い戦争が続いた後の休戦状態のようなもの。私はカールソン家を出ていくための準備で忙しくて、その後の混乱についての対処には真摯に取り組めていなかった。……そんな私はどの道、貴族夫人は失格だったのかもね。

そうしてリブロー商会と一緒に旅をし、三度の事件解決を経て。何やら最近、私たちのことが噂になっているらしいと耳にすることになった。

「ええ、なんですか、それ？」

「世直しの旅をする聖騎士と聖女様だってさぁ。あは、私たちはどこに行ったんだろうねぇ！」

「聖騎士と……」

「……聖女」

私とリシャール様は互いに顔を見合わせた。リシャール様が聖騎士扱いなのは、まぁ実力を見てしまうと納得だ。ただ私が聖女というのは、はっきり言って『嫌』である。

「……あまり気分が良くない名前ですね」

「あら、どうして？」

「……ええと、その。聖女と呼ばれていた人は少し前にもいらっしゃいましたよね？」

「ああ、グランドラ辺境の『英雄と聖女』か！」

「はい。その。聖女と被《かぶ》っていますし、それは嬉しくありません」

その英雄と聖女は私の元夫と浮気相手なのである。今更どうでもいいとも言えるけれど、同じ呼び方をされるのは嫌過ぎるだろう。

「辺境に着く前に随分と『箔《はく》』が付いて良かったじゃない。きっと二つ返事で雇ってもらえるよ」

「それはそうかもしれませんけど。でも聖女はちょっと……」

「拘るねぇ。なら何がいいの？　良ければ私たちの方で広めてあげる」

「ええ？　何がいいって言われても困ります。だいたいどうやって広めるのですか？」

「そりゃあ噂を流すのと、あとはあれ。吟遊詩人に詩《うた》を作ってもらうのさ」

「詩！」

そこまですること⁉

「割とあるのよ、こういうのもさ。明るい話題があった方がいいからねぇ。例の英雄と聖女の時も各地で詩人が詩を歌っていたよ。だからあんなに広まったのさ」

「そ、そうだったの」

でもなぁ。私の中で聖女はイメージがあまりにも悪い。それ以前にそう呼ばれるほどの功績を私は挙げていないでしょう。ほとんどの問題はリシャール様がその実力で解決してくれたのだ。いうなれば私はサポート役でしかない。

「聖女がダメならば……女神、がいいと思います」

などとリシャール様が言い出した！　ちょっ……。

「女神！」

「女神⁉」

余計に悪化しているじゃない！

「あははは！　女神、いいねぇ！　それでいこう！」

「やめてください！　大それ過ぎていますから！」

そんなやり取りをしながら、私たちはどうにかグランドラ辺境伯領に辿り着いた。広い領地ではあるものの、遠くに建造された防壁が一番に目に付く。

「あれが……」

「そうだね。魔獣から人々を守る防壁。二年掛かって作られた壁だ」

ああ、この地であの壁を作り上げるのを守るために、元夫も聖女も頑張ってきたのだ。離縁してからもう一年近くが過ぎた。思うところは沢山あるままだけれど、その戦いを乗り越えたことは素直に認めたいと思う。

リシャール様たちが戦う姿を見る機会を得て、命懸けで戦うことの意味を少しだけ知ることが出来た。もちろん領地を守ることも大切なことで、それと不貞はまた別問題だと思うのだけど。

もしも帰ってきた夫に『お前は安全な場所で過ごしていたんだろう』と責められていたら、私はきちんと言い返す言葉を持っていなかったかもしれない。戦場でしか命懸けの危機を乗り越えた者同士でしか繋げない縁があるのだと。

「エレンさん？」

「……いえ、少し感慨深く思いまして。それにリブロー商会の皆さんとはここでお別れになってしまいます」

「そうですね。なんだかんだと長旅でしたから。別れが惜しく感じます」

「リシャール様は、腕はもう動かせ、戦えるようになりました。以前のようにこの地に拘ることもないと思いますが」

「そうかもしれません。ではエレンさんは？　貴方はこの地で暮らす気持ちに変化はありませんか」

「……どうでしょう？」

ここに辿り着くまでの旅で三度の事件と遭遇して。

別に噂にあるような『世直しの旅』をしているつもりはなかったけれど。

もし、このグランドラ領が平和ならば。私のやるべきことはこの地にはないかもしれない。そんな風に思えた。

ただ、私一人だけが各地を回ってもきっと意味はないだろう。だって事件を解決してきたのはリシャール様だから。そこを間違えてはいけない。私に出来ることはこの治療魔法ぐらいなのだ。

「……定住と言っても外に出てはいけない、ということもないでしょう。まずはこの地を拠点とする。そのぐらいの気持ちで良いかもしれませんね。この地に必要とされていることもあるかもしれませんし、まずはここで過ごしてみるのもいいかもしれません」

「そうですね。それがいいです」

こうして、私たちの旅はひとまずの終焉《しゅうえん》を迎える。また新しい生活が始まるのだ。

一生、男爵夫人として生きていく人生だったら経験出来なかったことが多くあった。
このグランドラ領では一体どんなことが待ち受けているのだろう?
私は少しの不安を抱えながらも……とてもワクワクしていた。

七章　結ばれた二人

ハリードとリヴィアが婚約してから、そろそろ一年が過ぎる。偽エレクトラを屋敷に招いてからは半年だ。あろうことか、あれから偽エレクトラはずっと屋敷に住んでいる。

リヴィアはことある毎《ごと》に偽エレクトラの下へ訪れてはその時々にあったことを彼女に報告？　している。

そういった状況のため、ハリードは偽エレクトラを屋敷から追い出せずにいた。

「……なぁ、サイード」

「はい、旦那様」

「どうしてリヴィアはあの女にああも関わりに行くのだろう？」

「それは、その」

「何かリヴィアから聞いているのか？」

「いえ、リヴィア様からは何も聞いておりません」

「では心当たりがあるのか」

「……推測ですが」

「聞かせてくれ」

「……申し訳ございません。内容的にリヴィア様を貶める推測となりますので控えさせていただきます」

ハリードは目を見開いた。侍従長は申し訳なさそうに頭を下げている。

「リヴィアを貶める推測とはなんだ？　気にせずに言ってみろ」

「……あの方が『エレクトラ様』に関わりに行く理由は彼女の精神的なものと考えております」

「精神的な……」

「そのことを旦那様が『可愛らしいこと』だと考えられるか否か。私には測りかねます」

「……いい。聞かせてくれ」

侍従長は改まってハリードに告げた。

「リヴィア様はエレクトラ様……『元奥様』に今の状況を勝ち誇りたい。或いは『自分より下』だと彼女を貶めたいと思っている。そのような気性なのではないでしょうか」

ハリードは眉間に皺《しわ》を寄せて湧き出す怒りを抑えた。愛した女性のことだ。悪くなど言われたくはない。ただこの一年、ハリードは彼女と屋敷で過ごしてきた。可愛らしいと思う気持ちとは別に積み重なっていく別の感情。リヴィアが何を考えているのか理解出来ない点がちらほらとあって。

「屋敷にいるのが『本物』であれば、はっきり申し上げて度し難い言動が多過ぎます。良く言って倫理観に欠けているだけですが……。あそこまで続くなら意図的な悪意があるとしか思えません。使用人一同、彼女の言動には眉を顰めております。ただ所詮は相手が『偽者』ですから。『本物』に危害が加えられていないので我々も強くリヴィア様に言うことはありません」

「そんなにか……」

一年も経てば、あれだけ情熱を持っていた感情も少し冷めて冷静になっていく。特に戦場から離れて一年だ。戦場のあの独特の空気の中で培われた愛は長続きしない。それでも共に過ごしていけば深まっていく愛もあるはずで、そういった気持ちはハリードにも確かにあるのだが……。

「彼女との婚姻、もしやお悩みですか？」

「いや、それは……」

「旦那様は『英雄』という名声を得ました。リヴィア様は『聖女』と呼ばれ、民に祝福される縁となるはずです。旦那様は生粋の貴族女性と結婚するのではないですから。その点の違いは覚悟されてからの方がよろしいかと」

「そうだな……」

実際、リヴィアは子爵家の仕事などは担えていない。当然だろう。彼女は身寄りのない身であり、学んできたことは治療魔法など奉仕活動が基本だ。もちろん教会では基礎的な学習もさせていたはず。しかし、そういった教育は貴族夫人の仕事を賄えるものとは言い難い。平民として生きていくのに困らないように。その程度の教育だ。だが、それは最初から分かっていたことだ。

すべて分かっていてハリードは彼女と結ばれようとしたのだ。だから、リヴィアが子爵家の仕事を出来ない分、ハリードが頑張らなければならない。騎士として育ったとはいえ、ハリードは生まれた時から貴族なのだ。

ハリードは思い出す。元々政略で隣領の子爵令嬢エレクトラと結婚していた。王命による招集の二年がなければ大人しく慎ましく、英雄などとは呼ばれなくとも、ありきたりで平凡な下位貴族家の夫婦としてエレクトラと生きていただろう。エレクトラに不満があるワケではなかったのだ。

彼女は執務的な面ではきちんと教育を受けていたはずだし、実際にハリードの居なかった二年間、領地を支えてくれていた。使用人たちからエレクトラの不評を聞いたこともない。

女性としての彼女にだって不満はなかった。比較するべきことでもないが、見目は他家の令嬢にけして劣るものでもなかったし。白い結婚を提案された時、困惑と苛立ち……残念に思ったのは、そういう理由もあった。ハリードはエレクトラを女性として好ましく感じていたのだ。

「あの時……」

「はい、旦那様」

「……いや」

エレクトラから提案された白い結婚を受け入れなければ。初夜を迎えて、彼女に子供でも授かっていれば。自分の人生は何かが変わっていただろうか。いや、子供が生まれていたとしても……自分はリヴィアを戦場から連れ帰ったのだ。あの偽エレクトラに言われた言葉を、この半年で何度思い出しただろう。リヴィアを手放す気もないくせに、エレクトラを手元に置きたがっている自分。ここにいるのが『本物』ならばという考えを見透かされて。

「……なぁ、サイード。あの女は一体何者なのだ」

ハリードはこの半年で何度目になるか分からない質問を繰り返した。

「伝手《つて》を辿り、雇った役者でございます。あのような女性とは私も思っておりませんでしたが……」

あの女、偽エレクトラが大きな問題を起こしたワケではない。むしろこの半年はリヴィアの言動をのらりくらりと受け流して使用人たちの負担を減らしているぐらいだ。それは、やはり『本人』ではないから受け流せることなのだろう。侍従長が言ったようにエレクトラ本人が聞いたなら度し難い言動をリヴィアがしているのなら。本人であれば堪え難かったかもしれない。

だが偽者である彼女にリヴィアの言動はまったく意味をなさない。

だいたいハリードのことだってよく知らないだろうから嫉妬も何もなく。元から好きでもない、無関係な人間の妻になるからとリヴィアに勝ち誇られても苦笑いを浮かべるしかないだろう。

「……もうすぐリヴィアとの結婚式か」

「はい、旦那様」

婚約期間が一年。英雄と聖女になったハリードたちはようやく式を挙げることになる。グランドラ辺境伯やかつての騎士仲間たちも二人を祝いに来てくれるという。華々しい、大規模な式になるはずだ。子爵へと陞爵された後、領地の拡大こそ叶わなかったものの国からの優遇措置をいくつか受けられることになっていた。ちょうどハリードたちの結婚式が終わる頃にその優遇措置も終わるため、永続する待遇ではないものの、そのお陰でカールソン家は今恵まれた環境にある。

何もかもお膳立てされた最高の結婚式を迎えられそうだ。ハリードとリヴィアは間違いなく幸せになれるだろう。そのはずなのだが……。やはりどこか、なんともいえないモヤモヤとした気持ちがハリードの中には残ったままだった。


ハリードの気持ちなど置き去りにして時間は過ぎていく。そして、とうとう結婚式の日が間近に迫っていた。

「ハリード様、ううん。ハリード。私たち、ようやく結婚出来るのね」

「ああ、リヴィア。この日をどれだけ待っていたか」

「でも、ハリードはエレクトラ様と結婚式を挙げたのよね。……私は初めてなのに」

「ん？　聞いていないのか。エレクトラとは結婚式は挙げていないんだ」

「そうなの？」

「ああ、結婚式近くになってグランドラ領の戦いに参加するように王命が下ったからな。だから、結婚式は挙げずにエレクトラとは書類だけの結婚をしたんだ」

「そうなんだ！　じゃあ、ハリードも初めての結婚式なのね！」

「ああ、そうだ。しかも今回はグランドラ辺境伯を始め、多くの貴族たちが式に出席してくれる。それも王都の教会で挙げる結婚式だ」

そう、二人の結婚式は王都で挙げることになった。多くの支援を受け、また出席者も増えたことで王都での式となったのだ。

『英雄』と『聖女』の結婚式だと市井の民にまで噂は広まっているという。

また、茶会などでリヴィアの姿を外で見せることはなかった。リヴィアはマナーの覚えが悪いため、そういった誘いは今まで断っていたのだ。彼女のマナーの悪さが、ヴェント子爵の不興をより強くしたことも大きい。あの茶会で彼女をそういった場に連れ出すのは『まだ早い』とハリードは判断せざるを得なかった。そのため、今回の式では今まで姿を見せなかった聖女の姿が見られるという点でも二人の結婚式は注目を集めていた。

「じゃあね、ハリード。楽しみにしているわ！」

「ああ、リヴィア」

リヴィアと別れた後。ふと気になって侍従長ではなく侍女長にリヴィアの様子を尋ねる。

「リヴィア様は『エレクトラ様』に謝っておられましたよ」

「……謝る？　リヴィアが？」

一体何を。

「旦那様と結婚式を挙げられることを。『エレクトラ様』は結婚式を挙げられなかったと聞いた、と言って。以前にもそのことはリヴィア様にお話ししていたと思いますが」

「それは……」

なぜわざわざそんなことを。そう思ってからハリードは侍従長の言葉を思い出す。

『もしも、本物のエレクトラだったら』

リヴィアのその言葉はお世辞にも品がいいとは言えない。むしろ嫌味もいいところだろう。彼女がハリードとは結婚式など挙げていなかったとわざわざ蒸し返すなんて。リヴィアが謝った相手は『本物』ではない。だから、そんなことを言われても『彼女』はまるで気にしないことだろう。

偽者だから、かろうじて取れているバランス。一体なぜ、リヴィアはそんなことをするのか。

ハリードの胸の内には、また深くモヤモヤとした気持ちが広がっていった。


「カールソン子爵」

「グランドラ閣下！」

王都に移動して数日後に迫った結婚式に備えていた、ある日。グランドラ辺境伯ウォードルフがハリードの下を訪ねてきた。

「子爵に陞爵されてから会うのは初めてだな、カールソン子爵」

「はい、閣下」

「改めて陞爵おめでとう。君の功績が認められた結果だ。あれから息災だったか？」

「もちろんです！」

辺境伯の姿を最後に見たのはハリードが辺境を発《た》つ前。まだ彼が男爵でしかなかった時で、もう一年も前だった。ハリードは久しぶりに会う辺境伯に感動を覚える。

彼はわざわざ辺境から自分の結婚を祝いに来てくれたのだ。嬉しくないはずがなかった。

「まさか、閣下に来ていただけるとは」

「英雄の門出を見届けねばならないと思ってな。恩を忘れては辺境では生きていけない」

「恩……」

辺境伯に言われるとハリードは、かつての誇らしい気持ちを取り戻せたように感じる。

「閣下が離れてグランドラ領は平気なのですか？」

「平気でなければ王都まで来られないさ」

「それは確かに」

ハリードは辺境伯の座る席を用意し、久しぶりの再会を改めて喜んだ。

「その後どうなのでしょう？　私もグランドラ領のことは気になっておりました」

「そうだな……。大きな問題は起きていない。防壁は今も健在で崩れず、魔獣共との戦いも上手くやっている。それに」

「それに？」

「最近、いいのがウチの騎士団に入ったのだ」

「いいの、ですか？」

「ああ、元は公爵家の騎士団員だったという男でな。凄まじい実力があるのだ。あれはウチの騎士団員でも歯が立たない実力者だ」

「辺境の騎士団が、ですか」

その話に少しだけムッとしてしまうハリード。自分はグランドラ領の戦いで『英雄』と呼ばれるようになったのだ。だから今でも騎士の中で、特に辺境で戦う者たちの中で自分が『一番』であるという誇りがあった。

「領地に戻り、新婚生活が始まる以上そういった機会は少ないだろうが。いつか機会があれば見てやってくれ。あれは逸材だよ。なぜ、公爵家が彼を手放したのか分からない。まぁ、そのお陰で私は助かっているがね」

「はぁ……。閣下がそこまで言うほどですか？」

ハリードは信じられなかった。いや、自身のプライドからその騎士の実力を認めることが出来なかった。実際この目で見てみなければ。否、戦ってみなければ分からない。どうせ辺境伯が贔屓目《ひいきめ》にその騎士を見ているだけで、きっと自分よりも劣っているはずだと思った。

「その男は今では『聖騎士』とまで呼ばれているのだ」

「聖騎士⁉　ですか……！」

「ああ、まぁ、噂に尾ひれをつけて広められている節もあるのだが。そう言われても申し分ないほどの実力者でもある。その内に王都でも有名になるのではないか？　吟遊詩人が嬉々として噂を広めているらしいからな」

「は、はぁ……」

『聖騎士などと！』とハリードは苛立ちを覚える。その聖騎士とやらの活躍の場がグランドラ辺境領ならば否《いや》が応でもハリードと比較されるだろう。だが、ハリードはもう戦場を退いているのだ。だから、これから騎士としての名声は、その『聖騎士』に奪われていくばかりになってしまう。

……そんなのは不公平だろう。

ハリードは、どこかその『聖騎士』とやらに納得出来ない思いを抱いた。

「それだけではないぞ」

ハリードの内心で抱いた苛立ちには気付かず、辺境伯は続ける。

「その『聖騎士』のパートナーとしてな。素晴らしい治療士がいるのだ」

「治療士……ですか」

ハリードの頭には当然、己の伴侶となる女性、聖女と呼ばれたリヴィアが思い浮かぶ。

「ああ、女性の治療士だ。彼女はなんと戦場の女神《ミューズ》と呼ばれている」

「は、はぁ!?　ミューズ……女神!?」

『なんと大げさな！』とハリードは、驚く。しかも『女神』とは、まるで『聖女』のリヴィアに対する当て付けのようではないか。英雄と聖騎士ではどちらが上かは分からない。

だが、女神と聖女はどうにも女神の方が『上』だと言われているように感じた。

「ああ。絵描きが彼女の姿絵を描いて広めようと言っている。まぁ、本人に断られてしまったらしいが」

「め、女神は……言い過ぎではないですか？　どれほどの功績を挙げたのか知りませんが……」

「功績か。既にいくつかの村を救った上、騎士たちの士気を高めることに成功している。それに……実際、治療士としての実力も抜きん出ているのだ。騎士たちの後衛から治療魔法を遠くへ飛ばし、離れた場所で怪我をした者を立ち所に治してみせるのだ。それも黄金の光と共に、な」

「は、はぁ……？　何ですか、それは。黄金の光ですって？」

大げさな上に演出過剰だ。きっとその女はわざとやっているのだろう。ハリードは忌々しく思った。名声を得るためにそういった演出にばかり傾倒するなんて。ならば、きちんと騎士たちの治療も出来ていないのではないだろうか。同じ治療士であってもリヴィアは人命救助に専念していた。あの時、自分を救ってくれたように。自分が目立とうとするわけでもなく、ただ一生懸命に。

彼女と比べて、そんな派手な演出だけで名声を得る行為など許し難い。

「閣下、そういった手合いに騙されてはなりません。騎士たちの命に関わりますから。それは詐欺のような演出に過ぎず、ちゃんとした治療が出来ていないのでは？　或いは、その女とは別の人間が騎士の治療に尽力しているのではないですか」

「……何を言う。この目で、いや、私自身が体験している。離れた場所から彼女の治療を受けたのだ。それに心なしか治療だけでなく身体も軽くなったように感じた。見目も相まってその能力から最初は『聖女』扱いだったらしいが、お前の伴侶の評判もあるだろう？　そこで彼女は『女神』と別の名で呼ばれるようになったのだ。彼女の実力については確かなものであって、私は何も騙されてなどいない」

「そ、それは……」

ハリードはそれでも辺境伯の言葉を否定したかった。『聖騎士』も『女神』もどちらも自分たちの名声を横から奪うような存在だ。そんな話を結婚前に聞かせる辺境伯にも苛立ちを感じた。

「……グランドラ領は英雄たちが王都で、或いは領地で幸せに過ごしていても心配ない。そういうことを言いたかったのだがな。余計なお世話だったらしい」

「あ……」

辺境伯は、ハリードの表情からその話を好意的に受け入れていないことを悟り、失望した様子を見せる。

（ま、まずい……）

辺境伯の失望に気付き、そして今の話が自分たちへの気遣いでもあると知り、彼は慌てた。

「違うのです、閣下。いえ、そのように気遣っていただいたこと嬉しく思います。ですが！」

「なんだ？」

「……私もリヴィアもグランドラ領が危機とあらばすぐに駆けつけます。我々には、かつて辺境で戦った誇りがあるのです。ですから、そう。そのような新参者に頼らずとも必ずや、我らが力になります、と。そう言いたかったのです」

「ほう」

辺境伯は鷹揚《おうよう》に頷いた。

「まぁ、辺境にいる二人の実力はこの目で見て感じたが……。彼には魔獣からの危機を押し返した実績は、まだない。その点で言えば『英雄』ハリードと『聖女』リヴィアの方が上だな」

「閣下……！」

「だが、カールソン子爵。君には守るべき領地があるのだ。だから、その気持ちだけはありがたく受け取っておこう。我々とて他家に頼ってばかりでは不甲斐《ふがい》ないと思っている。私が言いたいのはグランドラ領のことなど気にせず、君たちは幸せになれよ、ということだったのだが」

「は、はい……。お言葉ありがたく受け取ります、閣下」

「ああ」

そうして話を終えた辺境伯は王都の宿へと引き上げていった。

「聖騎士と女神……など」

辺境伯がどんなつもりで聞かせたのかはどうでもいい。ただハリードにとって気分のいい話ではなかった。またモヤモヤとした気持ちが溜《た》まっていく……。

そして。とうとうハリードとリヴィアの結婚式当日を迎えた。

「旦那様、その。『あの方』が来られているのですが」

「どうした、サイード。あの方とは？」

「エレクトラ様です。我々と過ごしていた方の」

「は？　あの女は領地に残るんじゃなかったのか」

ハリードたちの結婚式は王都の教会で挙げられる。『英雄』と『聖女』の結婚に多くの参列者が集まったせいだ。

「それが、リヴィア様の願いらしく。彼女はカールソン子爵夫人の願いは断れないだろう、と」

「なんてことだ……」

彼女は本物のエレクトラではない。それなのにリヴィアが公の場で『エレクトラ』の名を出したら？　周囲に違うと否定され、リヴィアにバレてしまうかもしれない。

いや、そもそも本物であっても離縁した男の結婚式に元妻が顔を出すなど。

「何を考えているんだ、リヴィアは……！」

「幸い、といいますか、彼女は『本物』ではありませんから。お二人の結婚に対して特に思われることはないでしょう。それ以上の問題を起こすことはないはずです。この半年間も特に何をなさるでもなく大人しくされていましたし」

「それはそうだが……！」

だが、どうやって誤魔化せばいいのだとハリードは悩む。

「リヴィアにバレないようにあの女と会えるか？」

「……そのように」

しばらくしてハリードの下に偽エレクトラが連れてこられた。そして彼女の服装に驚いた。

「その格好は……」

「似合っているかしら？　ふふ」

黒いドレス。それも顔を隠すような濃い黒のヴェールまで偽エレクトラは身に着けている。装飾はなく、およそ祝いの席には似つかわしくない格好だ。

「……お前、どういうつもりだ」

「もちろんお二人の結婚を祝いに来たのです。新婦たってのお願いですから」

「祝うつもりならばその服装はなんだ⁉」

「こちらは『エレクトラ様』の心情を想像した結果、この日はやはりこうだろうとコーディネイトしましたの。どう？　とても彼女の気持ちを代弁していると思いませんか、元旦那様」

「ぐっ……！　エレクトラはそんな当て付けのようなことはしない！」

「まぁ」

『エレクトラは』と言い出したハリードに偽エレクトラは驚きの表情を見せる。

「貴方は彼女の何をご存知なのかしら？　たった一日しか一緒に過ごさなかった元旦那様」

「それは……！」

「ふふ、でも、いいではないですか。貴方は今日、幸せな結婚をするの。彼女に一番幸せな時間を味わわせてあげるの。そのためには、やっぱり『元奥様』が日陰で過ごしている姿を見せるのが必要でしょう？　だって彼女はそういう人だから」

「リヴィアは……！」

その先の言葉をハリードは言えなかった。リヴィアの性質がどういうものかを薄々と気付いていたからだ。

「そして、私の役目も今日で終わり」

「……は？」

ハリードは彼女の言葉に耳を疑った。

「お二人は結婚するのだもの。流石に『元妻』が、そばにいるのは、ねぇ？　これまでは子爵家の夫人としての仕事を彼女に引き継ぎしていた。そう言えば世間もまだ納得してくれたけれど、流石に結婚してからも『私』が一緒に居ては、それは醜聞よ」

「そ、それは……だが」

「お忘れかしら？　私はただの雇われの身。それに貴方も思うでしょう？」

「な、何を、だ」

「いくらなんでもリヴィアを『私』から引き離した方がいい、と」

ハリードは目を泳がせ、狼狽《うろた》える。すべて彼女の指摘通りだったから。

「ふふ、ああ、それから。新婦から正式に招待された者として、『友人』を式に招きたいのですけどよろしいかしら？」

「は？　友人だと？　お前に？」

「ええ、私にも友人ぐらい居ますよ？　居ないとおかしいでしょう？」

「……だが」

「ご安心を。ただの友人ですから。貴方も私を一人ぼっちだと蔑んだって虚《むな》しいだけでしょう？　私が『彼女』でないと知っているのだから。ねぇ？」

この女には自身の心をすべて見透かされている。ハリードはそう感じた。

「……好きにしろ。だが結婚式の邪魔はするなよ」

「ふふ、私が貴方たちの邪魔をする理由なんてないと知っているくせに。せいぜい勝手に仲良くしていれば？　としか思わないわ」

「だろうな……」

なにせ、彼女はエレクトラではないのだから。

「ああ、それから」

「まだ何かあるのか……」

うんざりとした気持ちでハリードは応える。

「公爵様が貴方に会いたがっているそうよ？」

「は……？」

公爵だって？　とハリードの頭は混乱を極めるのだった。


ハリードたちの結婚式を挙げる教会の、新郎側の控室でハリードは公爵と会うことになった。

「お会い出来て光栄だ、英雄ハリード・カールソン殿」

「は……、その」

「ああ、私はファーマソン公爵、ジャック・ファーマソンだ。今日はな。君に頼み、いや、提案があってね」

「……提案ですか」

公爵。この王国に二つしかない貴族の中で最上位の家柄。王家の血を引き、王家に何かあった時は代わりに立つ特別な家門。そんな公爵の一人がなぜ今、自分の目の前にいるのか。

「『聖女』リヴィアは親がいないと聞いている」

「それは……はい。その通りです」

「では、バージンロードのエスコート役に困っていることだろう」

「え？　それはその」

「誰かにさせる予定が？」

「は、はい。我が子爵家の侍従長にさせるつもりです……が」

「使用人に、か。それでは『聖女』の名誉に関わる。そうは思わないかね、カールソン子爵」

「え……？」

いくら英雄と言われようともハリードは貴族であり、ただの子爵だ。公爵という上位の存在に対して身を縮めるばかりだった。

「そこでだ。私が聖女のエスコートをし、バージンロードを共に歩こう」

「こ、公爵閣下が、ですか⁉」

「ああ、聖女なのだから。それぐらいはした方が彼女に箔が付くだろう。親がいないからと彼女を見下す者も減るに違いない」

「そ……それはありがたい提案なのですが、一体なぜ？」

「聖女は、この国の希望だろう？　ならば王国貴族として当然のことだ」

「そ、そうです、か……？」

「ああ。問題ないな？　子爵」

「は、はい。妻を……よろしくお願い致します」

ハリードにはまったく理解が及ばなかった。しかし、思えば二人の結婚式が王都で開かれることになったり多くの参列者が集まったり、色々と普通ではないことが起きていたのだ。

ならば、今回のこれもハリードたちが『英雄』であり『聖女』なのだから当然のことなのか。

そう無理矢理に己を納得させた。……そして。

様々な予想外の出来事を乗り越えてハリードたちは着飾り、挙式が始まる。参列者が入り切ると新郎であるハリードが入場し、聖壇前へと進んだ。式場には参列者が先に入り、ハリードは緊張しながらその時を待つ。参列者が入り切ると新郎であるハリードが入場し、聖壇前へと進んだ。

(新婦側の参列者……あの女とその隣に座っているのが、例のあの女の『友人』か?)

偽エレクトラはあろうことか、参列者席の一番前に座っていた。あの黒いドレスと黒いヴェールで。明らかに悪目立ちしている。

やはり、あの服装だけでも改めさせるべきだったと今更になってハリードは思った。更に目を引いたのは偽エレクトラの隣にいる人物だ。身なりがよく宝飾品を身に着けており、明らかに高位貴族だと思わせる……女性。

友人と言うから偽エレクトラの同年代かと思ったが、どうもそうではないようだ。

(あの女の母親か何かなのか? やはりどこかの貴族の出だったのか)

そこに座っている女性は彼女の母親と言ってもよさそうな年齢に見えた。気品を感じさせる佇《たたず》まいの女性。黒いドレスで現れた偽エレクトラに対し、彼女が隣に座っていることで周囲に言葉を控えさせている様子だった。それほどの雰囲気がある女性……。

(……誰なんだ?)

ハリードにはまったく心当たりがない。そもそも偽エレクトラが何者かすら知らないままなのだ。その友人や母親など分かるはずがない。そんなことを考えている内に、とうとうリヴィアが入場してくる。ファーマソン公爵にエスコートされて白いウェディングドレスを着たリヴィアが。

(ああ……リヴィア)

その姿を見て。ハリードはこれまでの不安や後悔の気持ちを押し流した。これで良かったのだ。自分たちはこれで幸せになる。リヴィアを選んだことは何も間違いなんかではなかった。

ヴェールの下で嬉しそうにしているリヴィアの様子が見えた。その姿を見て、ハリードも嬉しくなってくる。自分たちはこれから幸せの絶頂を迎えるのだ、と。

ハリードは幸福の予感に感動を覚えた。公爵にエスコートされると聞いてリヴィアはとても喜んだという。公爵もまるで本当に自分の娘をエスコートしているような満たされた笑顔だった。

(ん……?)

ハリードはそこで、ふと妙なことに気付く。リヴィアは金髪でルビーのような赤い瞳をしている。その瞳の色が……ファーマソン公爵とまったく同じ色だった。

(関係……ない、よな?)

バージンロードをエスコートする姿がまるで本当の親子のように見えたから。だから妙な繋がりに違和感を覚えたのだ。ただ、それだけ。

(問題なんかない。俺たちは今日、幸せになるのだから)

「ハリード、えへへ！　綺麗かな、私！」

リヴィアが厳かな挙式の雰囲気をぶち壊すようにそう尋ねた。ハリードはその言動にぎょっとしたものの、すぐに気を持ち直す。

「ああ、とても綺麗だ。世界で一番綺麗だよ、リヴィア」

「うふふ、嬉しい！」

リヴィアはハリードの前に立つと偽エレクトラの方へ視線を向ける。ヴェール越しだから、その表情はよく分からない。何を思って見せびらかすように偽エレクトラを意識するのか。

ただ、リヴィアの動きに釣られてファーマソン公爵が新婦の参列者席に目を向けた。

「…………は？」

——そこで。

ファーマソン公爵は先程までの穏やかで満たされた幸せそうな表情を凍り付かせた。

「な、ぜ……？」

驚愕。或いは恐怖。ファーマソン公爵はその一点だけを見つめる。ハリードは彼のその様子に首を傾げた。

（知り合いなのか？　偽エレクトラと？）

だが、黒いヴェールを被った偽エレクトラが知り合いだと、すぐに分かるものだろうか。

そう思ってハリードは参列者席に目を向けた。

「……くす」

そこで微笑んだのは偽エレクトラの隣に座る貴婦人。ファーマソン公爵が見ていたのが、貴婦人の方だとすぐに分かった。

「——いつまで呆けているのですか、ジャック。どうぞ、私の隣にお座りなさい？　貴方は、私の夫なのですから」

そう。ファーマソン公爵夫人、ノーラリアが公爵に告げた。

現ファーマソン公爵夫人であるノーラリア・ファーマソンは、当時の王女から生まれた女性だ。

ファーマソン家自体にも王家の血は入っていたものの、降嫁した王女を伴侶として得たことで、より王族の血が濃くなった。

正当に『ファーマソン公爵』の血と王族の血を継いでいるのは妻のノーラリアであり、夫であるジャックは入り婿だった。ジャック自体も侯爵家の出であり、けして元からの身分は低くない。

しかし、王族と公爵家の血を引くノーラリアとは比べることも出来ない差があった。

そのため、すべてにおいて優先されるのは当然の如くノーラリアの方で。そんな境遇が原因だったのか、ジャックは二十年近く前、外に女を作った。

それがリヴィアの母である平民、ファティマだった。

ファティマはとても美しい女性で、リヴィアと同じ金色の髪をしていた。もちろん、ノーラリアとて美貌が劣っていたわけではない。ただ、当時のジャックはその血によって受ける境遇に多少なり不満を抱いていたのだ。だから平民の女に溺れ、そして彼女に自分の子供を孕ませた。

だが、当然の如くジャックの不貞はノーラリアに気付かれてしまう。そうして厳しく追い詰められることになるのだが……。

当時は、まだノーラリアとの間に子供が生まれたばかりで離婚となると外聞が悪い。子供にも悪影響があると判断された。そこでジャックの不貞行為については秘密裏に処理して、ジャックには二度とファティマに関わらないように誓わせ、二人の婚姻関係は継続することになった。

ジャックがファティマに会うことが出来なくなり、やがて教会でリヴィアを生んだ彼女は産後の肥立ちが悪く亡くなってしまった。ジャックはそのことを後悔していた。

自分がそばに居ればファティマは死ななかったのではないかと。その後悔が、よりリヴィアを目に掛けることに繋がったのだ。今度こそノーラリアにバレることのないように、と。

今まで上手くいっていると思っていた。妻にはバレてなどいない。それに、リヴィアの結婚式が王都で開かれるように仕向け、移動時間も短くして。この時期、妻のノーラリアは王都を離れている予定だった。だからこそジャックはリヴィアのバージンロードでのエスコートを買って出て。

何もかもが上手くいっているはずだった。ノーラリアにバレてなどいないはずだったのだ。

「……ノーラ、なぜ、いつから」

「ジャック。今は二人の挙式の最中よ。貴方、二人の門出を邪魔する気？」

「う、違……」

「では大人しく座りなさい。お二人ともどうかお気になさらず続けて？　今日はとてもめでたい日なのですから」

ジャックは額から滝のような冷や汗を流しながらフラフラとノーラリアの隣の席へ向かう。

隣に座る黒いドレスの女も目に入ったが……彼女に注意する気力もなかった。

「ええと」

ハリードとリヴィアは公爵夫妻のやり取りを呆然と眺めていた。二人は自分たちの結婚を祝福しに来てくれたはずだ。だが、それにしては何やら妙な雰囲気がある。ファーマソン公爵のあの狼狽《ろうばい》した態度はどういうことなのだろうか、と。

「コホン！　お二人とも、よろしいですか？」

「は、はい！」

「はい、もちろんです！」

二人の挙式は再開された。

結婚を誓い合う言葉。婚姻歴のあるハリードだが初めて誓うことになる。

「——貴方は、誓いますか？」

「はい、誓います」

こうして、ようやくハリードとリヴィアは結ばれたのだった。


披露宴の準備が始まると参列客の注目は当然、公爵夫妻に集まる。

なぜか花嫁のエスコート役をしていたジャック・ファーマソン公爵。そして公爵夫人ノーラリアを見つけると、それまでの幸せそうな笑顔が嘘のように怯えや絶望に変わっていった。

その様子を見ていた参列客たちは彼らの関係や状況に何なのかとひそひそと囁《ささや》き合う。

「ノーラリア様、公爵も。お久しぶりです」

「ええ、ミゼッタ様。貴方も参加していたのね」

「はい、噂の英雄と聖女の結婚式が開かれると招待状も届きまして。名声はあれど随分と大規模なものだとは思っていましたが……」

ファルス伯爵夫人ミゼッタはそう呟きながらノーラリアとジャックを交互に見た。

ジャックの方はもう虫の息といった状態だ。ただ結婚式に参加しただけだというのに。

「もしやファーマソン家が今回の式の主催だったのですか？」

「……いいえ？　手助けはジャックがしたようですけれど費用のすべてはカールソン子爵家が担うものです」

「あら、そうなのですか？　ですが王都でここまで大規模な式を挙げるとなると……」

「ふふ、本当にねぇ？　どこの家から援助してもらえるのかは知りませんけれど。これから、きっとカールソン家は大変ですよ。結婚式で見栄を張って借金だなんて」

「まぁ、借金ですか？」

「ええ、どうもそうらしいの。どこかの誰かが資金援助してくれるのを当てにしたのか。言われるがまま王都で式を挙げることにして、ね。だけど、そんな資金援助をしてくれる家なんてあるのかしら？　私だったら、こんなことに資金は絶対に出させないけれど」

「……!!」

そう話すノーラリアの隣でジャックは目を見開く。

「ま、……ノーラ、待ってくれ、それは……！」

「あら、どうされましたの、ジャック。英雄と聖女様の結婚式には似合わない表情だわ」

「いや、その。だが……」

「ふふ、でも、結婚式貧乏だなんて。これから借金漬けの日々を送る彼女たちが、どうなるのか。とても心配だわ」

「……借金の話は本当なのですか？　ノーラリア様」

「ええ、ねぇ？　そうでしょう、メイリン」

ノーラリアがそばに立つ黒いドレスの女性に話し掛ける。

「ええ、奥様。私もそのように聞いております」

「……あの、こちらの女性は？　どうしてそのような黒いドレスを……？」

「ああ、すみません。いつまでもヴェールを被っていてはいけませんね」

そう言うと偽エレクトラ……メイリンと呼ばれた女性は黒いヴェールを外した。

「はじめまして、ファルス夫人。メイリン・オルブライトと申します。実は私、カールソン子爵家に雇われて今までカールソン家の屋敷で働いていたのです」

「まぁ、彼らの屋敷で？」

「はい、そうなのです。こちらの黒いドレスはカールソン夫妻双方の意向を取り入れて、このようになりました」

「まぁ……。あら、でもオルブライトといえば、確か？」

「ファーマソン家の提携商会、オルブライト会長は私の夫であり、ファーマソン家の親戚ですわ」

にこやかに微笑みながら対応する彼女。だが偽エレクトラことメイリンの言葉をジャックは聞き捨てならなかった。

「待て。カールソン家に雇われていた、だと？　お前が？　なぜ！」

「あら。なぜかと申されましても、あちらからのご要望で。どうも『水色の髪の女』が必要だと」

「は……⁉　水色の髪の女⁉　なぜ！」

「それは……」

メイリンが説明をしようとした時、新郎新婦が披露宴会場に入場する。

知人などほとんど居ないはずの披露宴に何の疑問も抱かず。衣装を変えたリヴィアはメイリンの姿を見付けるとまっすぐに向かってきた。

「エレクトラ様！　どうでしょうか、私、綺麗ですか⁉」

……そう大きな声で告げた。彼女がメイリン・オルブライトだと名乗っていたことは聞き耳を立てていた周囲にも聞こえている。

「エレクトラ、様？」

そんな疑問の声は当然のように人々の口から漏れ出た。

「……リヴィア様、ええ、とてもお綺麗ですわ」

メイリンはいつものように微笑みながら彼女の言葉にそう返す。エレクトラと呼ばれることが、当たり前のように。

「本当ですか？　ハリードとも似合っています？」

「ええ、とても。ふふ、お似合いの二人ですわ！」

そこには当然、嫉妬も何もない。メイリンには夫がいるのだ。それどころか、本当は……彼女はハリードのことなど男性として見ていなかった。

「嬉しいわ！　ハリード！　私、エレクトラ様がこう言ってくださるのが本当に嬉しい！」

また。彼女は『エレクトラ』の名を口に出した。

「……あ、あの。カールソン夫人？　少しよろしいかしら」

そこで困惑していたファルス伯爵夫人ミゼッタが声を上げる。

「え、なんですか？」

そこには伯爵夫人に対する礼儀などはない。だが、今はその点を気にする者は居なかった。

「なぜ、こちらの女性を貴方は『エレクトラ』と呼ばれるのです？」

「え、なぜって。何を言っているの？　だって」

リヴィアは困惑した表情を浮かべる。質問の意味が理解出来なかったのだ。だがその問いの意味を理解出来るハリードは焦りを覚える。

「ああ、その！　それはご、誤解で……リヴィア、今は！」

「申し訳ございません！　リヴィア様！」

ハリードが誤魔化そうとした矢先。メイリンは周囲に聞こえるような大きな声で謝罪した。

「え、何？　エレクトラ様……」

「実は私、リヴィア様に大きな嘘を吐《つ》いておりました」

「嘘……？」

「はい。嘘、です」

「おい！　何を言い出すんだ、お前は！」

ハリードはメイリンの言葉を止めようとする。だが、近くには公爵夫妻もおり、強引なことなど出来なかった。

「私の本当の名はメイリン・オルブライトと申します。オルブライト商会、会長バイツの妻でございます」

そう名乗り、メイリンは綺麗なカーテシーをしてみせる。

「………え？」

リヴィアは言われた意味が分からず言葉を失った。

「実は、私は『エレクトラ・ヴェント』ではないのです。今までカールソン子爵に雇われ、彼女のフリをしておりました。ですので、これまで嘘を吐いていたことを謝罪致します、リヴィア様」

「は……？　え、何？　どういうこと？　だって、エレクトラ様は……」

リヴィアの混乱する声。真っ青な顔になったハリードと焦りと困惑の表情を浮かべるジャック。

メイリンは彼らの反応を見ても動じず、微笑みを絶やさずに続けた。

「リヴィア様とカールソン子爵が戦場で縁を結ばれた時。カールソン子爵と『既に結婚されていた』エレクトラ様は確かにカールソン家の屋敷で領地の運営を担い、領民を助け、使用人たちに慕われながら生活しておりました。……ですが！」

声に抑揚をつけ、大きく通る声でメイリンは続ける。周囲の参列客たちは彼女らのやり取りに耳を傾けていた。

「エレクトラ様は戦場で『夫』が『自分とは別の女性』と懇意にしていると聞いて、カールソン家の運営を信頼出来る使用人たちに託してから屋敷を出ていかれました。その際に使用人たち全員にいつでも出ていけるように紹介状を渡していたと使用人たちから聞いております」

「紹介状……⁉」

初耳だったハリードは目を見開いた。

「そうして夫と『別の女性』が連れ立って、そして離縁状を用意してから！　屋敷へ帰ってきた時には既に本物のエレクトラ様はカールソンの屋敷にはいらっしゃいませんでした。もちろんエレクトラ様の署名入りの離縁状を残してから彼女は屋敷を出られたと聞いています。それから！　誰も！　本物のエレクトラ様のお姿は見ていないのです！　ですから！　……リヴィア様。貴方は、本物のエレクトラ様とはお会いしたことがありません。だって私は偽者ですから」

メイリンは『なぜ、自分がエレクトラのフリをしていたのか』の説明をせず。たっぷりと前置きの説明をして聞かせた。当然それを周囲の人々も聞いている。ざわざわとした声が広がっていった。

「分かっていただけましたか、リヴィア様。私が本物のエレクトラ様ではないことが」

「な……え？　わ、分からないわ……！　今更、そんなこと……！」

「あら、これでは説明になっていなかった？　ふふ」

メイリンはとぼけるように微笑みを浮かべる。

「カールソン子爵が私を雇われたのです。正確に言えば『水色の髪の女』をカールソン子爵は求められました。珍しい求人でしたので私は興味を惹かれ、カールソン家に雇われたのです。ええ、どんなことがオルブライト商会の商売に繋がるか分かりませんから。夫であるバイツの許可を得て、またファーマソン公爵夫人の支援を受けて。カールソン子爵が求められたようにリヴィア様の前でだけ離縁された彼の元妻、エレクトラ・ヴェント様のフリをしておりました」

仔細《しさい》に至るまでメイリンは語って聞かせる。常に周囲に聞こえるように。誰が聞いても伝わるように。

「ああ、ですがご安心を。リヴィア様。貴方が私を『元奥様』と思われていたからこそ警戒されていたでしょう？　私とカールソン子爵の間には何の関係もございません。それは、カールソン家の使用人たちも徹底して管理しておりましたので証明出来るでしょう。元より私はカールソン子爵に対して何の恋情も抱いておりませんし、私には愛する夫バイツもおりますから」

呆然とし、言われたことを聞くしかないリヴィア。まだ理解が追いつかない。そんな様子だ。

だが、彼女の様子に構わずメイリンは畳みかけていく。

「この私、メイリン・オルブライトは半年間。リヴィア様に対して、離縁された元妻エレクトラ・ヴェントのフリをして『話し相手』にならせていただきました。とても楽しかったですよ？　何度も、何度も。離縁された元妻に如何にリヴィア様とカールソン子爵がお似合いかと訴えられ、問い掛けられることは。はい、とても可愛らしいことではありませんか。お二人がお似合いであることは今日ここで皆さんの前で証明され、とうとう結婚されたのです。私も晴れやかな気持ちでお二人の門出をお祝いすることが出来、カールソン家の屋敷を去ることが出来そうで何よりです」

そこまで言い切り、再びカーテシーをするメイリン。……そこに。

「メイリン！　ようやく終わったのか？」

別の男性が現れた。

「ああ、バイツ。ようやく長いお仕事が終わりましたよ」

駆け寄ってきた男性は黒いドレスを着たメイリンに近付き、そして抱き締めた。

「良かった。キミに会えない時間がどれほど辛いものか思い知った。愛しているよ、メイリン」

「ふふ、ありがとう。私の愛する旦那様。変わったお仕事でしたけれど、いい経験になりました。『新しい従業員』も雇えましたので、私は今日からオルブライトに帰ります」

「ああ、帰ってきてくれ、メイリン。とても嬉しいな」

白々しいような、それでも本心からのような台詞を吐きながら夫婦は仲睦まじい様子を見せる。

「……メイリン？　オルブライト……。妻、本当に……エレクトラ様じゃ……ない、の？」

「はい、リヴィア様。私は貴方にそう名乗るように、そちらのカールソン子爵に雇われ、貴方を騙・・しておりました。ですが、聖女リヴィア様とお話し出来る機会を賜ったこと、とても幸せにございます。今までありがとうございました」

「ありがとうございました、カールソン子爵夫人。今まで妻のメイリンがお世話になりました」

メイリンと共に頭を下げる夫バイツ・オルブライト。

そして、ニコニコと微笑みながらそれ以上を語るのをやめた。残ったのは沈黙と、そして。

「……どういうこと、ハリード」

騙し、騙されていたという関係の残った新婚夫婦だけだった。

「ち、違う……リヴィア、これは……」

「何が違うって言うの？」

新婚の二人が睨み合う姿を参列客たちは見ていた。しばらく言い争いにもなっていない二人の姿を放置し、今聞いた情報を互いに擦り合わせる彼ら。

「ノーラリア様、これは一体……？」

「私は一部を知っているだけですわ。すべてを把握しているはずなのは主人ですから」

「……公爵が？」

ファルス伯爵夫人は、ノーラリアの隣で悲痛な表情を浮かべる公爵ジャックに視線を向けた。

「ええ、ジャック。貴方から教えてあげれば？　すべてを」

「す、すべて……だと？　ノーラ……わ、私は」

「間近で見て貴方も分かったと思うわ。彼女が一体どういう人間なのか。それともメイリンに報告書を出させましょうか。メイリン、いいかしら？」

「ノーラリア様の望まれる通りに。夫と共にこれからもよろしくお願い致します」

「ええ、もちろんよ。これからも力になってちょうだい」

メイリンの夫バイツ・オルブライトはファーマソン公爵家の遠縁ではあるが爵位を持たない商人だ。ただし実家は伯爵家であり、彼はその伯爵家の次男。メイリンもまた男爵家の出で、元は貴族だった。二人はその能力を活かして商会を立ち上げ運営し、成功を収めている。

オルブライト商会の成功にはやはりファーマソン公爵夫人ノーラリアの援助があってこそだった。そのため二人は、そしてオルブライト商会はノーラリアの意向を叶えるために力を尽くす。

ノーラリアはオルブライト夫妻に微笑んでから扇を広げ、ジャックに視線を移した。

その視線にビクリと肩を震わせるジャック。

『どこまで、いや、すべてを知られているのか』と、ジャックは考えがまとまらなかった。

「リヴィア様は哀れですわ」

「……は？」

ジャックは、ノーラリアの口から零れ出た思わぬ言葉に意表を突かれる。

「まともな親がいない身であることではありません。彼女はね。『自分の望み』は必ず叶うものだと思い込んでいるの。だから哀れだと言っているのよ。そういった境遇ならば、平民ならば、噛み締めたはずの苦労を知ることも出来ず。己の望みは、願いは、必ず叶うものだと信じさせられて。

……ねぇ？　彼女をこうしてしまったのは一体誰なのかしら？　きっと考えの浅い『父親』がそう

育ててしまったに違いないわ。だから本当に哀れな人」

近くでその言葉を聞いていたファルス伯爵夫人は、その言葉とファーマソン公爵の焦る姿、そして公爵とリヴィアの瞳の色が同じであることに気付き、目を見開いた。『まさか』と。おそらく真実に近いことに思い至る。

「メイリンに感謝しなさい、ジャック。彼女らは『破滅』まではしないから」

「な……に？　どういう……」

「生まれてくる子に罪はないでしょう。大人になった者ならば責任があるけれど。これまで多くの機会があった。私も貴方を許してきた。それは子供には罪がないと考えていたから。そして貴方が『公爵』としての道だけは踏み外そうとはしなかったから」

ジャックとノーラリアの間には息子がいる。既に成人しており、婚約者との関係も良好な次代の跡継ぎだ。ファーマソン公爵家を継ぐのは間違いなくノーラリアの子供であり、ジャックはその道だけは踏み外さなかった。たとえ外に愛人を作っていようと。

その愛人の子をいつまでも気に掛けていてもジャックはリヴィアを擁護施設や教会から公爵家に移すことだけはしなかった。出来なかった、という面もあるが……。

公爵家には入れず、本人に会いもせず、ただ支援だけを陰ながら続けてジャックはリヴィアを育てた。そのことに思うところはあってもすべてを把握していても。

ノーラリアは見ぬふりをしてきたのだ。そんなジャックが大きく動き始めたのはリヴィアが戦場で気に入った男がいると知ってからだった。それも相手は曲がりなりにも貴族だという。

娘の恋路には『障害』があった。ただの男爵。ただの騎士風情。その上、既婚者。

……共に育った娘ならば。己の娘として憚《はばか》らず、愛し、信頼関係のある娘ならば。或いは既婚者への恋路など窘《たしな》めたかもしれない。だが、ジャックとリヴィアの関係はそうではなかった。だからこそジャックはリヴィアの恋路を叶えようと動き始めて。ノーラリアの耳に入るジャックがしでかしたことは呆れるようなものが多かった。その中の一つにまったく瑕疵のない男爵夫人を陥れようとするものもあった。

本来ならば、ノーラリアが動くことはなかっただろう。

『正義感』などで見ず知らずの、それもただの男爵夫人を救おうとは動かない。ただその男爵夫人が自力でジャックの企てを覆したことは聞いた。そのことに驚き、ノーラリアも興味を惹かれたのは事実だ。だが、それでも男爵夫人の奮闘も意味なく当の本人たちが彼女を裏切り、離縁するつもりであることも知った。

そんな中でその男爵夫人の打った手の一つをノーラリアは利用することにした。どのようなつもりであったのか。彼女は己の『身代わり』を用意するようにとカールソン家の使用人たちに言い残していたのだ。まるでリヴィアがどういう人物かを知っていたかのように。

或いは、以前に対処していた偽の夫人について把握していたからこそ、そういう発想が生まれたのか。元男爵夫人が計画していた『身代わり』にノーラリアが動かせるメイリンを宛《あて》がった。

ノーラリアの目的や行動理由は元男爵夫人エレクトラのためのものではない。

メイリンもそうだった。そして『正義』のためでもない。

「ジャック、選ぶ時よ。すべてを明かして彼女を見捨てるか否か。彼女はもう結婚したの。一人前の大人になったと言えるでしょう？　貴方がしていることは本当に彼女の幸せのためになっているかしら？　私はすべてを許しはしないけれど。すべてを憎みもしていないのよ？　歪んで育てられた彼女には同情するけれど。だからといって手は差し伸べない。また、公爵家の財産をこれ以上、無駄に減らすことも許さない。そして落とし前はつけてもらう」

「……ノーラ」

「借金地獄というほどでもないのよ？　だってカールソン家のすべてはメイリンが把握した後だったから。その資産状況まで把握しているの。だから彼らはすぐには破滅しない。ただ贅沢《ぜいたく》は出来ないでしょうねぇ？　理想とは違う新婚生活が始まる。ギリギリにしてあげたの。別に私は離縁された元男爵夫人に肩入れする理由などないのだから。……私の『感情』と問題の解決。その中間を取ったつもりで処理した。ただし」

ノーラリアは新婚夫婦に背を向ける。それに追従するようにオルブライト夫妻も帰る準備を始めた。そしてノーラリアはジャックを見据えて告げた。

「彼女の『親』でありたいのならファーマソンに関わるすべてを捨てなさい？　これが最後通告。公爵家を背負う者として譲れない一線。後のすべては彼女次第。もう彼女の『望み』を叶える者は居なくなるの。どうしたってね」

リヴィアはずっと『願い』を叶え続けて育った。親のいない身であった彼女だが、親が居ないだけで願ったことは知らない内に叶ったのだ。だから、欲しいものは、いつか必ず手に入るものと思っている。そんな風にリヴィアが育った理由は間違いなくジャックの影響で。

ノーラリアとオルブライト夫妻は言葉を残して去っていった。

そして近くで話を聞いていたファルス伯爵夫人ミゼッタはジャックとリヴィアの関係を悟る。

当の本人であるリヴィアはハリードを問い詰めるのに夢中でどれだけ己にとって重要なやり取りがそばで繰り広げられていたか知りもしないまま。

ジャックは呆然とリヴィアの姿を見ていた。

己の娘。己が愛した女の娘。聖女とまで称賛されるように手を尽くした美しい娘。

だが、離縁した元妻に己の姿を勝ち誇るような……浅ましい娘。王都で開かれた結婚式には多くの参列客が居た。それはジャックが手を回した者がほとんどのはずだったが、見回せばジャックが想定していなかった参列客も多く居た。それらもまたノーラリアが手を回していたのだろう。

多くの貴族家門が聖女リヴィアはどういう人物かを知った。明日にはカールソン夫妻の醜聞が広まるはずだ。王都で二人の結婚式をさせるように手回ししたジャックだったが、思えばそれも上手くいき過ぎていた。それらもおそらくノーラリアの手が回っていたはずで。

二人の結婚資金はジャックが用意するつもりだった。

もちろん、彼が個人で保有している資産もありはする。すべてがノーラリアの管理下ではない。だが。その支援をするということは、つまりジャックはファーマソン公爵家を追い出されるということ。ノーラリアはすべてを把握しているのだから。

ジャックが関与しなければ結婚式の費用が足りず、カールソン夫妻は苦しい思いをするだろう。それをもうジャックが助けることは許されない。己の身分を捨てたくないのならば、だが。

「…………」

ゴクリと唾を飲み込み、ジャックはリヴィアを見据えた。未だに夫となる男に我儘を言う娘。かつて愛した女の面影そのままの、自分と同じ瞳の色をした娘。

彼女さえ幸せになれればいいと他のすべてを無視してきた。

元男爵夫人エレクトラを陥れることなど気にも掛けず、娘のために。だが。

「……もう、充分、だろう」

ジャックの口から出たのは、そんな言葉。リヴィアはもう結婚したのだから。新しい人生を歩むパートナーを得たのだから。聖女という名声を与えることが出来たのだから。人生の門出まで見守ることが出来たのだから。父親としての役割はもう充分に果たした。そうに違いない、と。

「……失礼する」

ジャックは二人に背を向けてノーラリアを追いかけた。

こうして今日、英雄ハリードと聖女リヴィアは結ばれたのだった。

八章　女神、始めました

グランドラ領を訪れた私とリシャール様は歓迎されることになった。それは、この領地が抱えている問題があるからだろう。まず、二年にわたる魔獣の侵攻によって荒れている場所がある。騎士団の手が回らず、治安が悪化してしまった地域だ。そして防壁を築くことで人間側有利となった魔獣との攻防だけれど。壁の向こうにはまだ魔獣の領域が残っている。何度かの侵攻作戦によって森の深くへ進み、多くの魔獣を葬ったものの、それでもすべての襲撃がなくなったわけではない。

また王命によって派遣されていた人員が各々帰ってしまったことで人員不足でもある。

そう。人員不足なのだ、とにかく。なので私たちが受け入れられるのは当然だった。

「エレンさーん、こちらもお願いしまーす！」

「はいはーい！」

私は、普段は主に辺境の教会、そして教会に併設された擁護施設でのお仕事に従事している。今の私の正式な所属は教会だものね。教会に併設された擁護施設では魔獣の襲撃によって家族を失った子供たちが暮らしていた。やはりあの二年、それも魔獣襲撃の初期段階で特に親を失った子供が増えてしまったという。とても悲惨な状況であったことが窺える。……いっそ最初から私も元夫と共にこの地に来ていれば、と。そんな風に考えたことが何度もある。

でも、その状況でここに来て私がきちんと治療魔法を学ぼうと思ったかというとそれは疑問だ。もっと物理的なお手伝いに奔走していたと思う。そうなると私の治療魔法の才能は無駄遣いとなっていただろう。なるべくして今の状況になったというべきだろうか。

「私、午後からは騎士団の修練場に行きますね」

「ええ、任せたわ、エレンさん」

人手の足りない教会と擁護施設、そして騎士団。防壁によって戦いが楽になったとはいえ、王命によって招集されていた戦力が抜けたのはとても大きい。そんななかで現れた一騎当千の実力を持つ騎士リシャール・クラウディウス卿。私としては戦場で戦う彼の姿を見ているため、『鬼神』とかそういう呼び名が相応しいと思った。でも彼につけられた二つ名は『聖騎士』だった。

どうして聖騎士なのか、というと戦う時に黄金の光を纏っていて神々しいから、と。

……うん。それ、私のせいだよね？

私の治療魔法。遠慮なく出力を上げるとなぜか黄金の光が付随する仕様なのだ。因果関係があるかは知らないけれど治療魔法としての『性能』と『射程』が破格らしい。よく考えると比較対象がそれほど居なかったので自身の特異性に今まで気付かなかったのだ。そんな能力があるものだから、これもまた当然の如く私は騎士団の活動にも派遣されることになった。別にそのことに不満はない。私が目に見えて力になれることだし、それに騎士団の活動場所に行けば……。

「リシャール様、お待たせ致しました」

「エレンさん」

ここ数ヶ月、一緒に活動していた彼に会える。

銀色の髪を短く切りそろえ、青い瞳をした逞《たくま》しい騎士様に。

「大きな怪我をされた方は居ますか？」

「かすり傷程度ですね。特に大きな問題は起きていません」

「それは何よりです」

私はその能力から騎士団の戦闘活動にも参加している。陣形を整えてもらって彼らに守られながら後方支援という形だ。ある程度の距離、遠隔で治療魔法を飛ばせるため、騎士たちが安心して戦えるのだという。女性の騎士や私と似たような立場である女僧兵さんもいるのだけど。

私の場合は完全に前線に立たなくても治療出来るし、即効性もあるので有用なのだという。とはいえ、常に彼らと共に活動しているワケではない。先に言ったように主に私は教会と擁護施設での活動をしているのだ。ただ普段の修練などで怪我をした騎士たちが居ないか、と。こうして普段から様子を見に来ている。怪我人が出れば、もちろん治療院に運び込まれるのだけど治療魔法が使える者がその場に居合わせた方が助かる可能性はもちろん高い。それに慣れの問題ね。

普段から騎士団の人たちと交流することで、いざという時に彼らの作戦行動への理解力が上がる。彼らと意思疎通がしやすくなる。彼らがどういう人かを知っていた方が動きやすくもあるわよね。

「最近はどうですか？　落ち着いてきたでしょうか」

「そうですね。定期的に森の浅いところへ討伐に出ています。大きな怪我を負う者も少なく、防壁の点検もあるのですが、そちらも特に問題は見つかっていません。安心していいと思います」

「それは良かった。リシャール様も無理をされないように」

「ありがとうございます、エレンさん」

何でもない普段通りの会話を交わす私たち。特に進展と呼べるようなことは起きてはいない。

……こう考える時点でいわゆる意識はしているのだと思う。リシャール様のことを異性として。

それは、あの時。山賊を退け、二人で一緒に夜空を見た日に初めて意識したこと。あれから更に時間が経って一緒に話す機会も増えていって。かつては形容出来なかった感情はもう確かなものへと変化していたの。

でも、だからと言って今すぐに愛の告白をするだとか、そういう行動は起こしていないわ。

ただ、リシャール様も私のことを憎からず思っているだろう、という『気配』は感じている。

私もそうだ。彼のことを男性として意識はしているときっと伝わっていることだろう。実は普段から彼と一緒に買い物に出掛けたり、休日を一緒に過ごしたりしているのだ。リシャール様からも積極的にそういった誘いを受けるようになった。

そういうところからも彼が私を意識してくれているのだ、と。そう感じるようになった。それはやっぱり市井風に言えば『デート』のようなもの？　彼といると嬉しくて楽しい。そんな風に思っているの。きっと彼の方も。一緒に居て、どちらからともなく惹かれ合っている感覚。付き合っているような、付き合っていないような、そんな関係を続けている。

戦場で過ごせば燃え上がるものもあるかもしれない、なんて。そんな風に考えていたこともある。でも、なんというか。蓋を開けてみると私に待っていたのはじっくりと持続する優しい火のような。一瞬で激しく燃え上がる情熱的な恋はしていない。きっとこれから先もそういう恋はしないのだと思う。ただ、ゆっくり、じっくりと……長く繋げていくような、そんな関係で。これから先も一緒に自然と暮らせそうな……そんな、なんとも言えない優しい恋心。そういうものを感じる。

……今の私は、身分を隠している。

身分といっても、離縁されてしまったバツイチで成人済みの子爵令嬢、というアレなのだけど。

だから、教会に身を寄せる平民も同じだ。対する彼は騎士爵を持つ騎士様。実力は抜きん出ているもののまだ、ただの騎士爵だ。ちなみに私たちの暮らす国、ランス王国において『騎士爵』は男爵相当の身分。そして『上級騎士爵』が伯爵相当の身分となっている。子爵を飛ばしてしまっているのがなんとも。まぁそういうものだ。上級騎士として認められるには色々と条件が必要となる。だけどリシャール様ほどの実力ならば上級騎士にだってなれたはずだ。

……おそらく上級騎士になることを妨害されたのだろうな、と思った。例のファーマソン公爵家の騎士団長などに。そう考えると許せない気持ちになる。リシャール様が本当に得るべきだったものを得られなかったことに怒りを感じる。

だけど、そんな出来事があったからこそ彼は今、私のそばにいるのだとも考えた。今の私たちは釣り合っていると言えるだろうか？　平民と一介の騎士だ。悪くないと思う。

……それぞれの二つ名は横に置いておいて。

私と元夫は恋愛結婚ではなく政略結婚だった。今こうして平民と同じ立場に立って穏やかな恋心に身を委ねて感じることは『結婚するならこういう関係がいいな』だ。燃え上がる情熱的な恋ではなく。ゆっくりと持続していく優しい恋。悪くないなぁ、なんて。そんな風に思っていた。

「そういえば、エレンさん」
「なんでしょう、リシャール様」
「そろそろグランドラ辺境伯が帰ってこられるそうですよ」
「まぁ、そうなのですね」

ウォードルフ・グランドラ辺境伯閣下。実は彼には会ったことがある。私たちがこの領地に来て少し経った後のことだ。騎士団の活動に協力していた私の下へ辺境伯が現れ、私とリシャール様の実力を見せて欲しいと言われた。

どうも、領地を離れなければならない用事が出来たとかで。だから騎士団の活動に憂いがないか知りたかったらしい。私とリシャール様の噂は、アナベル様たちリブロー商会の面々が嬉々として広めているらしい。だから、その噂を確かめたいとのことだ。

『これが戦場の女神《ミューズ》の魔法か』

『ミュ、ミューズ⁉』

女神呼ばわりに当然私は驚愕した。冗談じゃなく本当に女神とか噂を広めることある？　アナベル様……と恨みを抱いたのは内緒。

『これならば安心して領地を空けられるな。もちろん一時のことだが』

辺境伯閣下は王都に用事があるらしかった。そしてその用事が。

『我が領地を救ってくれた英雄ハリードと聖女リヴィア殿がついに結婚式を挙げるらしい。その式に参加するため、王都に向かう予定だ』

まさか、ここでその名を聞くことになるとは。

いいや、元々ここは彼らが出会った土地なのだ。

辺境伯は彼らのことを知っているのだから当然のことかもしれない。

辺境伯は私が何者かを知らない様子だった。まぁ、それも当たり前だろう。

英雄に離縁された元妻のことなど、この地に広まっているはずがないのだから。

私の特徴と言えば、せいぜいこの水色の髪ぐらいのものだけど。それにしたって同じような髪色の女性は他にもいる。だから気付くはずがないのだ。だいたい今の私、偽名を名乗っているものね。

グランドラ辺境伯が元夫と浮気相手の結婚式に出掛けていくのを私は見送った。

とっても複雑な気持ちではあるものの、元夫に未練があるワケでもない。何らかの落とし前をつけたいと思う反面、あの頃に感じていた『何者か』の悪意を思うとやっぱり関わらないように力を尽くして正解だったと思うのだ。

そんな結婚式に出掛けていたグランドラ辺境伯が領地に帰ってくるらしい。

つまり、それは元夫たちの結婚を見届けたということだ。私がカールソン家の屋敷を出たのは、もう一年以上前。離縁状を置いていったから正式に離縁が済んでからの期間はおそらく一年が経過した後。意外にも彼らは離縁してすぐには結婚しなかったらしい。

一年は婚約期間かな？　そういうところだけはちゃんとしているんだぁ、なんて思った。

今に至るまで彼らからの『追手』に遭遇したことはない。夢で見たような状況は杞憂だったのか。

或いは、しっかりと対策をしたからこそ追手が迫らなかったのか。なんにせよ正式に結婚したというのだから流石にもう私に用はないだろう。そう思いたい。

「エレンさん？　大丈夫ですか？」

「あ、すみません、リシャール様。少し考えごとをしていました」

私にはもう関係がない話。だって離縁したのだから。

今はこの優しい恋心と向き合っていきたい、と。そう思っているのよ。

それからまた後日。擁護施設の子供たちの世話をして遊んだ後、リシャール様が教会まで私に会いに来てくれた。

「こちらは騎士団からの差し入れです。いつもお世話になっていますから」

「まぁ、ありがとうございます。神父様にお渡ししてきますね」

騎士団からの贈り物を受け取り、手続きをして神父様にお渡しする。そしてリシャール様とお話をする時間をいただいた。

「実は最近、エレンさんの魔法について仮説がありまして」

「私の魔法について？　仮説ですか？」

私は首を傾げる。

「エレンさんは魔力の付与された武器というのをご存知でしょうか」

「教養としては、はい。実物を見たことはありませんが」

魔力の込められた武器。治療魔法とは系統の違う魔法で、武器に魔力を込めると一体どうなるのかというと……。

「魔力の込められた武器は『強化』されます。頑丈になったり切れ味が上がったり。ただし誰もがそうして魔法を付与出来るワケではありません」

「ええ、そうですね」

治療魔法はそれなりに使い手の多い魔法だ。だけれど、いわゆる『付与魔法』というのは本当に使い手が少ない。当然、そんなことが出来るなら騎士団などは全員の武器を魔法で強化したいところなのだ。それが出来ていないということは、お察しの通りである。

希少な付与魔法使いに高額な支払いをして、ようやく武器への魔法付与を依頼出来る。

まずそういった付与魔法使いに渡りをつけて依頼するまでが難しいの。

「魔法付与された武器がどうかしたのですか？」

そういったものがあればリシャール様も助かるだろうなとは思う。彼の場合、そんなものそもそも要らないかもしれないけど。

「実はですね。エレンさんの魔法がこの『付与魔法』ではないか、という話があるのです」

「え？」

私の魔法が？　どういうこと？　治療魔法よね、私の魔法は。

「私、武器に魔法なんて使ったことありませんよ」

「分かっています。そうではなく貴方の魔法が『騎士の強化』をしているのではないか、ということです」

「騎士の強化？」

え、それは、つまり。

「エレンさんの魔法のあの黄金の光。あれは、ただ自分たちを治療するだけでなく、自分たちを『強化』してくれているような気がするのです。このことは騎士団の者たちも同意しています」

「ええ……？」

つまるところ武器ではなく『人』に対する付与魔法？　普段の私はあくまで『治療魔法』として人に対して魔法を行使している。当然、怪我を治すための魔法なのでこれは順当なことだろう。

ただ、私の治療魔法にはなぜか出力によって黄金の光が伴う。あの黄金の光にもしも『強化付与』の魔法効果があるとしたら？　それは『人を対象にした強化魔法』と言えるかもしれない？

「ですが、リシャール様。確か、武器への付与魔法は効果が持続するものだと聞いております。なら私の魔法とは少し勝手が違うのでは？」

「そうですね。ですが、そういった武器への付与魔法も『永続』ではないらしいですよ」

「そうなのですか？」

私は首を傾げてリシャール様の話の続きを聞く。彼はこくりと頷いて話を続けた。

「はい。魔法付与された武器は武器の使い手の魔力を消費して普段はその『強化』状態を維持しているらしいです。ですが長くその武器を使っていないと魔力切れを起こし、やがて付与された魔法効果も消えてしまうそうですよ」

それはまた難儀な。ずっと戦い続けるか戦う人に渡して……。いえ、普段から鍛錬なりに使えばいいのかな？　とにかくメンテナンスが面倒くさいのね。

「強化魔法と言った方が良いでしょうか？　その『強化』は一過性のものということです」

「なるほど……？」

「エレンさんの黄金の魔法を受けると身体が軽くなり、力が増すように感じますが……」

「え」

そこまで？　それは初耳なのだけど。いえ、皆が言っていたような気もする。ただそれは気持ちの問題かと思っていたのだけど。

「それは、しばらくすると収まってしまいます。ですので常に『強化された状態』を持続するワケではないようですね」

「そうですか。ええと、ちなみに勘違いではなく？」

「おそらく。ですが気になりませんか？　今更かもしれませんが」

「それはまぁ……」

「『検証』してみてはどうかと。もちろんエレンさんがよければですが」

本当にそのような効果が私の魔法にあるのだろうか？　でも普通は傷ついてもいない相手に治療魔法は掛けないものだ。私の場合、騎士様たちが傷ついてもすぐに治るようにと魔力量に物を言わせて治療魔法を掛け続けるという使い方をしていた。それがまさか『強化』に繋がるだなんて。

「……なんだか怖い」

それが本当のことならば、それは私だけの力なのだろうか？　それとも、他の人にも同じことが出来る？　後者だったならまだいい。でも前者だったなら。私は本当に特別で希少で有益である、ということ。そうなれば私を望む者が出てくるだろう。今は、ただの『平民エレン』の私だ。どこかの貴族がその特異な能力を求めて縁談なりを申し込んでくるとか。教会も目の色を変えて利用しようとするとか。そういう不安がよぎった。私は今、自由で穏やかな、優しい恋を謳歌《おうか》している。もしも、そんなことになった時、リシャール様と離れ離れにさせられてしまうとか。

「エレンさん？　大丈夫でしょうか」

「は、はい。その、考えごとを……」

告白や将来の約束などはしていない。ただ互いに好意があるなと、なんとなく感じるだけの関係。

……少し、臆病になっているのはある。だって私は離婚歴ありのバツイチで。何よりリシャール様を相手にもまだ本名を告げていなかった。今更言い出しにくいのもある。

既に『エレン』で通っていて。いつか、きちんと話せるだろうか。私のことを全部。そうなるといい。そう願っている。

不安と悩みを抱えながら私は騎士団の人たちの協力を得て、魔法の検証を進めた。思い込み効果なのか。それとも実際に効果があるのか。結果としてはリシャール様の仮説通り。どうやら効果はあるらしい。つまり私の黄金の光は『強化魔法』でもあったのだ。

そして今のところ、同じような魔法を使える例は、騎士団でも聞いたことがないという。

ここに来て判明した特別な力。いえ、前から『黄金の光』って何？　とは思っていたけどね……。

魔法の検証を終えた私は騎士団で今後について話をしていた。今、私がいるのは騎士団の訓練場の端にある休憩場所だ。そこで私は辺境騎士団の騎士団長からの意見を聞く。

「そうなってくると、もっと正式に扱いを変えた方がいいな。既に『女神』扱いをされているから今更かもだが。実績だけでなく明確な能力もある。これは騎士団全体の士気にも関わるだろう」

「士気ですか？」

「そうだ。こう、身なりを整えて白地に金の刺繍《ししゅう》とかして槍のついた旗とか掲げて。戦場の女神、ここにあり！　と。こうすると俺たちの士気も上がりまくるだろう。実際に能力も上がる」

「それはちょっと……」

そもそも別に私は目立ちたくはない。

「実際そこらで似たようなことやっていたって聞いたが？」

「それは仕方なくやっていただけなので……」

好き好んでやっていたのではない。その場その場で出来ることを精一杯にこなしてきただけだ。

「……そうかぁ。でも、このことは辺境伯閣下には報告したい。それでそうなると似たような話をされると思う」

「そうですか……」

容易に想像が出来る展開だ。私も辺境伯や騎士団長の立場であれば、きっと同じことを提案する。

ただ、そうなった場合の、この先に待ち受けることについて私は思い悩んでしまう。

そんな風に日々が過ぎていくと、王都に出向いていたグランドラ辺境伯が帰ってきた。

そして、辺境伯閣下は私を個人的に呼び出したのだった。

「呼び出してすまないな、シスター・エレン」

「いえ、わざわざ訪ねてきてくださってありがとうございます。辺境伯閣下」

今、私たちがいる場所は教会だ。辺境伯は私に話があると教会へ訪れていた。

「まず、シスター・エレン。貴方には感謝している」

「感謝ですか?」

「ああ、報告は上がっている。教会に、擁護施設に、騎士団に、と。シスターが貢献してくれていることは多い。感謝だけでなく、きちんとした報酬を与えたい。特に騎士団への協力にだ。そちらは完全に貴方の善意だろう?」

教会と養護施設は併設されていて、どちらも教会管理だ。そこで働いている私が、どちらの仕事も請け負うのはまぁ別におかしなことではない。別に私だけではないし、労働に対する対価もいただいている。住む場所に食事、生活周りの備品など。基本的には生活に対する費用はほとんど掛からないようになっている。それが報酬と言えば報酬だろう。また多くはないが個別にいただいている金銭もあったりする。少額だけれどね。ささやかな贅沢をすることも許されていた。特に今まで、それで問題もなかったわ。

実は、私物などを買う習慣は私にはほとんどない。昔から与えられるお金は領民の税など『自分で働いて得たお金』というよりは得たお金によって如何に働き、領民を養えるかと。なんというか『逆』なのだ。報酬が先にあって労働が後にすべき義務としてあるような。正確には違うけれど。労働の対価としていただく報酬には慣れていないかもしれない。

それは教会にお世話になってからもそうだった。まず先に暮らしていく部屋を与えていただき、食事を摂《と》らせていただいて。そこから労働によってお返しして。そういう生活を続けてきた。

だから騎士団への協力に対して報酬が発生する、と言われてもピンとは来ない。それに騎士団への協力は善意とは違うからだ。段々と形になり始めた私の感情が理由。私はリシャール様に会いに行っている。そして彼が働く場所がよりよい場所であるようにと。また、その戦いで怪我を負わないように、と。そう願っている。だから騎士団にはよく顔を出しているし、協力もしていた。

つまり完全に私欲で動いた結果なのだ。なので、それに感謝されるとちょっと。

「ええと。好きでしていることですので……」

「好きで？　ありがたいが実際に魔獣との戦いにも貴方はついていったのだろう？」

「あ、そちらの時はちゃんと報酬をいただいていますよ」

「……そうか。いや、それは当然なのだが」

この辺りは辺境伯閣下の直接管理ではなく、おそらく騎士団の管理でしょうね。正式な報酬をい

ただかないのは彼らに私の行動を『管理』させないためでもある。あくまで好きにやっていること
だからこそ私は自由なのだ。

「シスター・エレン。報酬のことは改めて話し合うとして、だ」

「はい、閣下」

「耳に入っているだろうか？　私は今まで王都に居た。用事があってな」

「……はい。聞いております」

「目的は、この地を救ってくれた『英雄』と『聖女』の結婚式に参加することだった」

やっぱりその話になるわよねぇ。

「はっきり言ってその結婚式では色々とあったのだが……」

「色々と？」

私は首を傾げる。どうも辺境伯閣下の表情からして満足のいく式ではなかったみたい。

「……そうだな。シスター・エレン。これから貴方にとっては隠したいことを聞かねばならないかもしれない。だが、これは今後の君に無関係の話とは思えないので正直に話して欲しいのだ。もちろん他言するなと君が願うならば善処するつもりだが」

「……何か、その結婚式で問題が起きましたか」

「ああ、起きた」

結婚式での問題って何がある？　あまり想像が出来ないわね。

「シスター・エレン。単刀直入に聞こう。君は、もしかしてエレクトラ・ヴェント子爵令嬢か？」

「――――」

やっぱり。バレたみたい。どうしてだろう？　確かに辺境伯は元夫の結婚式に出たかもしれない。けど、そこでどうして離縁した元妻の正体に思い至るの？　とにかく、ここは嘘を吐く場面ではないと感じた。辺境伯閣下も私を悪いように扱う気配がない。話してしまってもいいだろう。

「……はい。その通りです。私の本名は、エレクトラ。エレクトラ・ヴェントと申します。その、それ以外もご存知で？」

「ああ。『英雄』ハリード・カールソン子爵の離縁した元妻であることも知っている」

「そうですか。はい、その通りです」

私は頭を下げておく。

「申し訳ございません、閣下。今まで黙っておりまして」

「いや、名乗らなければいけない身分ではないだろう。それに今は教会に所属しているのだ。君は何も間違ったことはしていない。だから、そのことはいいのだ。特に咎《とが》めるつもりではない」

「それならありがたいですが……」

では、どうしてここに来て言及されるのか。例の『強化魔法』とは別件のようだ。

どうやら、王都で何かあったらしいことだけは分かるが……。

「まず、王都で私が見聞きしたことを聞いてもらえるか？」

そして私は、辺境伯閣下が王都で遭遇した、なんと言おうか。『珍事件』について色々と聞かせてもらった。それらを聞いて私は頭を抱えるしかなくなる。

「ええっと。どこから何を言えばいいやら……」

「そうだろうな」

まず王都の結婚式。ハリード様とリヴィア様はなんとか無事に結婚は出来た。しかし、その挙式でなぜかファーマソン公爵がリヴィア様のエスコートをしながらバージンロードを歩いた。これだけでも意味不明だ。だが、それだけでは終わらない。そこで挙式に参列していたファーマソン公爵夫人の姿を見付けるや顔色を悪くする公爵。どうも不穏なやり取りの後で二人は正式に結婚。参列客たちは披露宴会場へと移った。そこには顔色の悪い公爵と公爵夫人。そして黒いドレスの貴婦人が居たそうだ。その彼女は水色の髪色で、名をメイリン・オルブライトと名乗ったという。オルブライト商会の会長夫人であるとか。そこで終われば特に大きな問題とはならなかっただろう。

問題はウェディングドレスから着替えて現れた聖女リヴィア様の発言だ。彼女はなんとオルブライト夫人に対して『エレクトラ様！』と声を掛けたらしい。どういうこと？　となってから、私は嫌な予感を覚えた。

「……もしかして」

「何か心当たりが？」

「ええと、そのぅ」

私はハリード様と離縁する際、面と向かって話をせずに逃げるように家を出てきた。その際にだが、様々な工作をしてから逃げたのだ。その内の一つに使用人たちへの協力要請がある。

「ハリード様がリヴィア様と結婚した後。いえ、とにかく私と離縁した後。明らかに彼女と縁を切るつもりもないのになぜか私のことを捜そうと動き始めたら、どうにか誤魔化して欲しいと」

「……ほう」

「そのためにも私は手を打っていました。実は、家を出た後居なくなった私の目撃情報が各地で見つかるように動いてもらっていて……」

辺境伯閣下は黙って私の話を聞いてくれていた。たぶん疑問はあるのだろうけれど。

「そして、どうしてもハリード様が私を捜索しようとするなら。それを望む理由が、リヴィア様にあるのなら。『代役』を用意するように、と。言い残して出てきました」

「……なるほど。それを買って出たのがオルブライト夫人であったのだろう、と？」

「はい、おそらく」

「シスター・エレン。なぜそこまでしたのか理由はあるのだろうか？」

「……なんとなく、と言いますか。悪い夢を見まして」

「悪い夢？」

「はい。離縁した後で彼らに追いかけられるといいますか。執着されるような。それでいて非道な。とにかく私を追い詰めてきそうだと。そういう不安がありまして。つい、徹底的に対策を」

「……ふ。そうか。つい、徹底的な対策をしたか」

あの夢はどう理屈付けたものか。実際そうなのだから、としか言えないのだが。

「まぁ、それは正解だったのだろうな、あの様子では。結婚した聖女は『元妻』という想定のオルブライト夫人に勝ち誇るようにドレスを自慢していた。相手が人違いなのだからまったくの空振りだったが」

「……まぁ」

私と聖女リヴィア様は直接会ったことがない。予知夢で見ただけだ。

当然、彼女の為人《ひととなり》は知る由もない。だが、どうしても、それを聞いて『やっぱり』としか思えなかった。

そうして、辺境伯閣下は結婚式で起きた珍事件とそれに関わる人々の仔細な情報を共有してくれた。その中には私の想定外の驚くべきことも沢山含まれていたのだ。

「……つまり、リヴィア様の正体は？」

「おそらくだが、ファーマソン公爵の庶子ということなのだろうな。愛人の子だ。知っているか？ファーマソン公爵家の血を引く者は夫人の方だ。公爵のジャックは入り婿だからな。だから、たとえ正体を明かしたとしても、カールソン夫人に公爵家を継ぐ権利はない」

元夫はとんでもない人と浮気をしたらしい。親の罪を子に問うことなどしたくはないのだが。親も親なら子も子だな、というのが私から見た印象だった。

「もしかして」

「どうした？」

「いえ、その。実は……」

私は主に夢を理由にして様々な対策を打って行動した。その結果、『何者か』の悪意を感じていたのだ。偽の男爵夫人の出現だとか地元の教会の不穏な噂とか。だからこそ私は逃げるために力を尽くした。そこにあった懸念が私の勘違いでないとしたら。

「公爵の手の者が君の周りに居たのかもしれないな。元からハリードを狙っていたとは思えない。だから彼がこの地に来て聖女と出会ってから、か。聖女に監視か護衛が付いていた可能性はある」

「……ということは、どういうことになるのでしょう？」

「公爵のあの様子だ。考えられることはある。私の推測になるのだが聞くかね？」

「ぜひ」

辺境伯閣下は鷹揚に頷いた。

「まず、聖女リヴィアには監視と護衛が付いていた。公爵の手の者だ」

「はい」

「そして、この地でリヴィア殿はハリードに恋をした。その様子も見られていた」

「……はい」

「だから、公爵は『娘』のために動いた。その行動の内の一つがカールソン近隣の領地に現れたという偽夫人だろう」

私は頷く。

「理由は、おそらく君の有責による離縁だ。君を陥れることで慰謝料など発生させず、カールソン家から追い出したかったのだろうな。ふざけたことだ」

「……おっしゃる通りだと思います。納得出来ます」

おそらく私があの予知夢を見ていなかったら、きっとそうなっていたのだろう。

「ハリードは……ある時から、急に活躍し始めてな」

「そうなのですか」

「ああ。その理由には、実は見当が付いていた」

「理由？」

「ああ、それは彼の使う武器が理由だ」

「武器と申しますと？」

私は少し前にリシャール様と話していた『武器への付与魔法』を思い出していた。そして、辺境伯の推測も私と同じだったらしい。

「公爵が用意させただろう、魔法を付与され強化された武器をハリードは使っていた」

「……まぁ、それで魔獣を撃退出来たのならば悪いことではありませんね」

「それはまぁな」

とにかく。私と元夫の離縁の裏にはファーマソン公爵が居たということだ。それが私の感じていた『何者か』という恐怖の正体。では、無事にリヴィア様の結婚が叶った今どうなるのか。

「ファーマソン公爵夫人は、これ以上のリヴィアへの援助を打ち切るつもりの様子だった。それに王都から出る前に軽く調査をさせたのだが。どうやらカールソン子爵家に居た使用人の多くがオルブライト商会に移っているらしいのだ」

「ええ？」

それはまた。彼らに働く先がきちんとあるのならばそれはいいことなのだけど。

「オルブライト夫人は半年ほどカールソン家の屋敷で過ごしていたらしいからな。その間に使用人たちと交渉を進めていたのだろう」

「彼らの生活が保証されるならばいいことです。優秀な人たちですから」

「そうだな。……が、結論を言うとだ」

「はい、閣下」

「これからカールソン子爵家は酷いことになるだろう」

酷いこと。私は目を瞬いて閣下を見る。

「まず王都での結婚式。それには当然、多額の費用が掛かるワケだが……それをどうやら援助なしに進めたらしい。ファーマソン公爵が娘のために補填するつもりだったのかもしれない。だが彼の様子からしてその援助はもうない。つまり」

「……多額の借金がカールソン家に残る？」

「ああ。加えて結婚式を境に、使用人たちの大半が居なくなる」

「…………」

「ここからは推測だが……」

「は、はい」

「この半年、カールソン家の屋敷内のことや領地運営のこともオルブライト夫人が手を加えていたのではないだろうか？」

「え？」

「率先して仕事をしていたか。リヴィア殿に仕事を押し付けられるままに仕事をこなしていたか」

それはありえそうだな、と。私は夢の内容の断片を思い出す。

「そんなオルブライト夫人も居なくなる。当然、屋敷内や領地経営は回らなくなるだろうな」

「それは……」

「ファーマソン公爵夫人の『報復』だったのだろう。結婚式という人生の最も幸せを感じるだろうタイミングですべての梯子《はしご》を外し、醜聞を広め、借金をさせて。己を裏切った公爵と不貞相手の娘であるリヴィア殿に……地獄を味わわせてやろうという」

私は目を見開き、息を呑む。

「君やハリードは彼らの諍いに巻き込まれただけだ」

「……リヴィア様が悪いとは言えないのでは」

「そこは夫人も弁《わきま》えているようだったよ。もちろん、だからといってすべてを許すつもりでもないと。だからこそ成人した後の今、だったのだろう。子供のままの彼女を害したりはしていないはずだ。でなければ、あのような性格にはならないだろう。詳細を把握していないが借金も『ギリギリ』と言っていた」

「ギリギリですか……」

「今すぐに破滅するのではなく不幸な結婚生活が長引くように、と」

「ひぇ……」

怖っ。私の立場から言うことじゃないかもしれないけれど。公爵夫人の報復、怖いっ！

「もしかしたら、すぐには離縁出来ないように脅すぐらいはしているかもな。なにせ子飼いのオルブライト夫人が半年もカールソン家の屋敷に居たのだ。使用人たちの多くを雇えるほど人心も掌握済み。借金がどうギリギリなのかも把握済みなら脅迫の材料なぞいくらでも用意出来るだろう」

うわぁ……である。もはや、『うわぁ』としか言えなかった。公爵家のゴタゴタに私たちは今まで巻き込まれていたのだ。私の離縁に関わる苦労の理由がようやく明らかになった。

「長々とすまないな、こんな話をして」

「いいえ、教えてくださってありがとうございます。色々と知ることが出来て良かったです」

とはいえ、とりあえず、だ。

「まとめてしまえば結局、ハリード様がリヴィア様に絆《ほだ》されたのは本人の責任ですよね？」

「そうだな。あの様子を見る限りリヴィア殿が『公爵の娘』と分かっていたとは思えない。つまりそういった利得のために彼女を選んだのではないだろう。公爵夫人と繋がりがあった様子でもない」

「そうですか……」

結局そこだろう、私の立場から気にすることは。公爵家のゴタゴタやリヴィア様の生い立ちなんて関係ない。ただハリード様が私を裏切った。それだけなのだ。その部分には策略が入り込む余地がない。もちろん二人の仲が良くなるように雰囲気作りくらいはしてくれたのかもしれない。だが妻が居ながら他の女に執心し、その女を選んで私とは離縁しようとした。これが、すべてだ。

本来なら慰謝料を請求すべきだったのだろう。でも、あの時の私は彼らと話すことすら嫌だったから。合意の上での離縁。そこに慰謝料などの話し合いはなく、ヴェント子爵家とは疎遠になっていたはず。それよりも私は今の生活を気に入っている。自身の才能を活かして、人のためになっている実感があって。そして、ここには『彼』がいるから。

……それで終わり。別にそれでよかったと今なら思う。

公爵家を怖れる必要なく実家に帰ったとして、慰謝料を手に新しい縁談を探してもらう日々だったはず。

「あの、閣下。結局、私の正体を知りたかったということで今日は来られたのですか？」

「いや、そうではないのだ。前置きが長くなってすまない」

どうやらカールソン家周りの珍事件で話は終わらないようだ。

「まず、そういった事情がカールソン家やファーマソン家周りであった、これが前提だ」

「はい」

「公爵夫人の報復はこれからカールソン家を追い詰めていくだろう。それはもう君には無関係なことかもしれないが……」

「……領民が心配、ですね」

二年間頑張ってきた。彼らの生活を見てきたのだ。使用人たちは自身の進退をどうにか選んだようだけど彼らが心配であることは変わりない。とはいえ、私が出来ることはもうない。離縁したのだから。領民の生活をきちんと考えて欲しいと願うぐらいだ。

「シスター・エレン。カールソン子爵夫妻は、それぞれが別の理由で君を求めるかもしれない」

その言葉にチカチカと夢で見た内容が思い浮かぶ。明らかに離縁した後だったのにやたらと執着され、追いかけられた光景。実感はない。あの夢が結局予知夢なのか回帰なのか分からないまま。

「苦しい結婚生活で以前の妻を求めようとする男。ありそうな話だ。そもそも偽者とはいえ、ああいう対処を取った時点でそういう『気《け》』がある」

それは容易に想像が出来た。そうだろうな、という納得がある。

「リヴィア殿の方だが、半年も『君』を家に置いて、それを当たり前と思っていたらしいからな。理解し難いと思うが何かしらの依存をしているのなら」

「オルブライト夫人が居なくなった今、また私を捜し始める、と?」

「……推測だよ。ただ、今は人手も金もなく、そういった捜索は出来ないだろう。ただし、どこかで君を見掛けたら、という懸念は残るだろう」

辺境伯も好きでこういう話をしているのではないだろう。結婚式での彼らの様子を見て、状況を考えて『こういうことをしそうだな』と。そう感じたのだ。私もそれには同意だ。彼女には会ったこともないのだけどね。

「そうですか。ありがとうございます、閣下。ですが、その。よく私にお気付きになられましたね」

「うん？」

「その、私がハリード様の元妻であると」

私のことに気付かないままなら、どうしたって追いかけられるものでもない。

でも、辺境伯閣下は気付いてしまったのだ。その理由は何だったのだろう？

「ああ、そのことか。そうだな。まず、オルブライト夫人が『水色の髪』をしていて、どうやら彼らが偽者として雇う際にもそのことを条件にしていたらしい」

「水色の髪ですか。確かに私の髪はそうですが。ですが、それほど珍しくはありませんよね？」

「ああ。水色の髪というだけならば君だけに限らない。ただ、私はな。実のところ、以前から気にしていたのだ。ハリードの元妻のことを」

「……そうだったのですか？」

「ああ。ハリードとリヴィア殿のことは当然、私も把握していた。彼が既婚者であったことも」

「……ああ」

それは把握しているわよね。自分の領地で大活躍している騎士だったのだもの。

「分かってはいたが強く言えずにいたのだ。あの頃は『英雄』の活躍が騎士たちの士気を高めていた。ファーマソン公爵に思惑はあったかもしれないが、それによって救われたことは事実だ。だから言えなかった。せめて妻との関係について問うことが出来たのが、ハリードがここを去る直前だったのだよ。その時には既に……彼は君と離縁するつもりだった」

「……そうでしたか」

「だから、ずっと『ハリードの元妻』のことは気になっていた。どういう人物なのか。離縁はどうなったのか、そして離縁した後の生活は……と。『彼女』の生活が困窮しているのなら私が責任を負うべきだと思っていた」

「そんな、閣下には責任など」

「……『英雄と聖女』の評判を優先し、彼らの不貞を知っていながら黙認したのは私だ。それで、誰が不利益を被るかも理解していた」

「閣下……」

「だから、君に気付けたのだ。君の髪色を初めてこの地で見た時、『もしや』と思った。君が離縁した後、行方知れずとなったことも知っていたからな。それで、だ。君の噂はまるで『聖女』の噂を上書きするようなものだった。だから、『戦場の女神』と言われるようになったのはリヴィア殿への報復の一環なのでは、と」

「ええ……!? それは違います！　本当に女神呼びは、ただの成り行きで……！」

「……そうだったか」

「はい、そうなのです。まったくわざとではないのです、あの噂は」

あれ。実は閣下、勘違いで私の正体を見破られた？　なんとまぁ。

聖女より上手《うわて》をいくような『女神』の呼び名で、水色の髪をした私を『エレクトラ』だと当たりを付けた。だから、こうして帰ってきて早々私と話し合いの場を持ったのだ。

「シスター・エレン。いや、エレクトラ・ヴェント嬢。君はこれからどうしたい？　この地で暮らす以上、君は私の領民だ。明らかに危険が迫っているのなら守らねばならない」

「これから……」

「ヴェント子爵家が何も言っていない、捜索届けも出していないことからして、同意の上であの地を出てきたのだろう？」

「はい、それはその通りです」

「なら、君がこの地で暮らすこと自体、誰にも咎められることはない。君がこの地で暮らしたいなら私が責任を持って守るつもりだ。……かつての償いも兼ねて」

「ありがとうございます、閣下」

これから、か。今まで目の前のことや気持ちに一生懸命だった。人生の分岐点で、選択することよりもとにかく脅威から逃げることが大事で。けど、私は一体、これからどうしたい？

「今日、君に話をしたのは君がどうやら特別な存在らしいからだ」

「特別ですか」

「ああ。君は才能に恵まれていて既にその能力について噂も立っている。名声と言えるものだが……不本意だろうが目立つ存在となった。すまないのだがハリードにも君の話、いや、『聖騎士』と『女神』の話はしてしまった。髪の色には言及していないし、本名なども出していないが……」

「そ、それは……控えて欲しいのですけど。流石に女神扱いは不本意なので」

「実際、報告された能力があるのならば君こそが『聖女』と呼ばれるべきだろうなと思っているのだが」

それはね。私も内心では認めてしまっている。チヤホヤと持ち上げられたからではなくて、こう、能力的に『そうだろうなぁ』と。

別にこのランス王国には伝説の聖女が居たとかそういう話はない。神の御使《みつか》いだとか、そういう伝説もないの。だから『聖女』なんて呼称はその時々でのイメージ商法というか。そう銘打っておけば人心が集まりますよ、という程度の話なのだ。私だって他人事だったら無責任に友人たちと噂していただろう。『辺境の地には聖女様がいるんだって！』と。

「君が静かに暮らしたいと願っているのなら。もう君の力は使わない方がいいと言わざるをえない。黄金の光と強力な治療魔法は、あまりにも……聖女だ。どうあがいても目立つし、噂になる。それはきっとどこに行っても」

そう。そうなのよね。私は自分の力を使う限り、どうしても目立つ。以前のように細やかな治療を続けていくことも出来るだろうけど。

でも、目の前に大怪我をした人が現れたら？　私には治せるはずなのに、自分が隠れて暮らしていたいというだけでそれを見過ごせる？　……出来そうにない。

そもそも静かに暮らすことに大した理由もないのだ。その方が楽だな、とか。誰かに狙われているみたいだし、見つからないようにしよう、とか。それぐらいの話。

その程度の気持ちは目の前に現れるだろう大怪我をした人間の命とは釣り合わない。

今回、おおよそ私の感じていた悪意の黒幕の正体がファーマソン公爵だと分かった。その公爵がこれ以上私を狙う理由などもうないはずだ。

そうなると特に大人しくしている理由もない。今の私が『能力を隠して暮らす』ということは、力を存分に使って治療する『自由』を失うことだ。

「君がその能力を活かす道を選ぶならば、噂が今以上に広がるのは避けられないだろうな。そして、彼らは君のことをいつか知るだろう」

辺境の地で活躍している『女神』はエレクトラだ、と。元夫が知る。そして、そうなった時、おそらく私に会おうとするか。或いは……。

リヴィア様もどうもそういう怖さがある女性らしい。謎の執着心というか。互いの呼び名的に、完全に比較される立場になる。だから、これからもっと彼女の『拗《こじ》らせ』は酷くなるかもしれない……。どこまでも付いてくる因縁だな、と思った。

ファーマソン公爵だってリヴィア様が未だに私に執着しているなら動くかもしれない。

公爵夫人は私の味方ではないだろう。使用人すべてを引き取ったワケでもないだろうオルブライト夫人もまた同じ。結局、私は……彼らとの問題を解決出来ていない。

私はハリード様とは話もせずに離縁し、逃げただけだったから。これは私の人生において避けては通れない試練なのだ。ただ予知夢のお陰でその因縁と試練と戦う心の準備が出来て、力を蓄えることも出来た。何より私はきっと夢の中の私よりも……強く生きてこられたはずだ。

その自信が今はある。ならば、なすべきことは一つだろう。

「グランドラ辺境伯閣下」

「ああ」

私の知れるだけの情報は出揃《でそろ》った。その上で『私がどうしたいか』を彼は問うてくれている。

辺境伯とは侯爵相当の身分だ。特別な立場でもある。公爵とは貴族の中で最も身分も高いが、その役割は『王族の血を継ぐ』という、これもまた特殊な立場。

身分の上下は確かにあるが、後ろ盾に出来たなら一方的に追い込まれることはない。

「実はファーマソン公爵家に因縁のある者がまだ居まして」

「……ほう?」

「もし、お力添えいただけるのでしたら。彼と相談した上でなのですが。私の『報復』にお付き合いいただけますか?」

私がそう告げると意外な言葉だったのか、辺境伯は目を見開いて驚くのだった。


「リシャール様。お話したいことがあります。よろしいですか?」

「エレンさん? はい、構いませんが……」

私は少し長くなりそうな話だからと許可を得てリシャール様に教会まで来てもらった。

時刻はもう夕方を過ぎて日が暮れそうな時。この時間になると礼拝客は少なくなる。

そうとはいえ、教会の人間の出入りがあってもおかしくはない。

また彼と二人きりになってはしまうが、そういう場所なので大きな問題はないと思う。

「今日、辺境伯閣下と話をしました。個人的な話です」

「ああ、戻られていたようですね。閣下が、エレンさんと話ですか?」

「はい」

「それはもしや、貴方の魔法について知られたことで……？」

「いえ。それも含めての話です。閣下は、私が『何者か』について確認されました」

「エレンさんが、何者か？」

「……はい。リシャール様、私についての話を聞いていただけますか？」

私の表情で真剣な話であると伝わったのだろう。リシャール様は居住まいを正す。

「……まず、私の名前は『エレン』ではありません。私の本当の名前はエレクトラ。エレクトラ・ヴェント。それが私の本名です」

偽りの名前。忠誠のような心を捧げてきてくれた相手に、正しい名前を言えずに過ごした。

それは、やっぱり少し罪悪感を伴うもので。彼にいつまでも嘘を吐いていたくなかった。

「エレクトラ・ヴェント……」

「はい。それが私の名前です。ヴェント子爵家の出で、今の子爵は私の兄、ベルトマスです」

「子爵令嬢でしたか。確かにエレンさんには気品があると。以前、貴方の同僚であったアンジェラさんも言っていました」

「アンジェラがそんなことを？」

「はい、貴方の振る舞いから貴族の出だろうと。ですので……そうですね。名前の件も含めて驚きはしましたが、そこまで意外だとは思いません」

「そう言っていただけますと、ありがたいです」

「それにエレクトラが貴方の本名なら、『エレン』は愛称のようなものでは？」

「……まぁ、それはそうですね。私も、だから、その名前を名乗りましたから」

「では、エレンさんはそこまで『嘘』は吐いてない、ということで」

「……リシャール様ったら」

私の感じていた罪悪感が少し和らぐ。私は苦笑いをして彼の優しさを受け取るしかなかった。

「ありがとうございます、リシャール様」

「いえ。これからは呼び方を変えた方が良いですか？」

「……いいえ。『エレン』で構いません。まだ、大々的に正体を明かすかも決めていなくて。それに、愛称なのはそうですから。リシャール様にはそう呼んでいただきたいです」

「分かりました。ではこれからもエレンさん、と」

私たちは微笑み合い、頷き合った。優しい空気になるけれど話はここからが本番だ。

「それでです。私は以前……結婚していました。私の元夫は、この地で『英雄』と呼ばれた男性。ハリード・カールソン様なのです。今は子爵となったそうですが、当時の彼は男爵でした。私は男爵夫人だったのです」

私の元夫がかの英雄なのだと聞いて、流石のリシャール様も驚かれたようだ。

そして口元に手を当てて、何かを考えるような仕草をする。

彼らの噂は有名な話であるため、おそらくリシャール様も知っているのだろう。聖女についても。

「……ご結婚されていたのは、いつ頃の話なのですか？」

「今より、およそ三年前でしょうか。結婚を間近に控えた時期に、この地で魔獣が大量発生し……。騎士爵を持っていた元夫には王命が下り、出兵することになりました」

「それは……」

「ふふ、酷い時期でしょう？　ですが、それについては仕方がないと思っています。だって、誰のせいでもありませんから」

「……そうですね。英雄殿とて、想定外のことであったでしょう」

「はい。ですから、新婚で夫が出兵した件については、誰を責めることもありません」

むしろ、この点について不義理であったのは……。今となっては良かったと思うけど。

「夫が出兵したのは、結婚した翌日のことです。私たちはそういった時期のため、結婚式を挙げなかったのですが。私は元夫に『白い結婚』を提案しました」

「……白い結婚？」

「はい」

「それは、翌日には彼が出ていってしまうから、なのですか？」

「いえ、そうではないのです。実は、リシャール様にも信じてもらえないかもしれない話がありまして……」

私のこれまでの行動理由について、あの予知夢を抜きには説明しにくい。

「自分でも信じられないようなことですか。あまり想像出来ませんが……」

「想像の範囲外だと思います。勿体ぶらずに言いますとですね。私、予知夢を見たのです」

「予知夢、ですか？」

流石のリシャール様でも首を傾げて、疑問符を頭に浮かべている。

それはそうだろう。こんなことを言われても困るだろうな。でも、話しておきたいの。

「元夫と書類上の結婚をする前。私は予知夢を見ました。その内容は彼が別の女性を連れてきて、私に離縁を突きつけるというものです」

　リシャール様が目を大きく開いて驚く。

「実際に予知夢が示したことは起きました。元夫は、今は『聖女』と呼ばれている女性と浮気をし始めたのですから。私は、自分がいつか夫に離縁を突きつけられるものだと。そう感じたから、白い結婚を求めました。そして……私の見た予知夢が、やはり現実に起き得るものだと判断した時、私はカールソン家から逃げる選択をしたのです」

「……そうでしたか」

「はい。……私は逃げる前の二年間、カールソン家で屋敷の管理と、領地運営を担っていました。いつか、速やかにあの場所を離れられるように。そうした時、誰も困らないようにと色々としてきたのですが……。その過程で何者かの悪意があると気付きました」

「悪意？」

「ええ、悪意です。領地と隣の実家のヴェント領で、私の偽者が現れたのです」

「……エレンさんの偽者」

　私はこくりと頷く。

「そこで私は、あの予知夢が、ただ私の離縁の未来を知らせるだけのものではないと感じました。何者かの悪意が私に迫っていると。それを示していたのではないか、と。だからこそ、離縁で元夫と争うことはせず、誰にも追われないように教会へ逃げ込み、偽名を名乗って……と」

　そうして、教会で治療魔法の才能を知り、リシャール様と出会って、今に至る。

「お話したかったのは、実はここから先のことです。今回、辺境伯閣下に教えていただきました。

私の近くに、カールソン家の近くにあった陰謀の黒幕が誰かを」

私を陥れようと考えていたのは、ファーマソン公爵だった。でも、彼にとって『私』は主な動機ではない。公爵の動機は『娘の幸せ』だった。

彼の娘は聖女リヴィア様。リヴィア様が……元夫に恋をしたから。だから私が邪魔になった。私を陥れようとしたのは、ついでのようなものだったのだ。そのため、逃げた私を『何者か』が執拗に追いかける気配がなかった。

離縁した後で私を捜そうとしたのは、きっとハリード様とリヴィア様の方なのだろう。そちらの動機については少し不明瞭な部分はあるが……。また離縁した後のカールソン家がどういった状況に見舞われたらしいかも辺境伯から教えてもらった。そちらの思惑は公爵夫人の方から。どうやら、色々とあったらしい。

私はリシャール様に隠していたことを、すべて話した。本当にすべて。

これで私には隠し事なんて何もなくなったわね。

「予知夢を見られてから、そのようなことが……」

「ええ。あの予知夢ばかりは今でも本当に信じられないことです」

ああ、それからこれも話しておくべきね。

「あと……。実は教会に移ってからも、夢を見まして。現実では起きなかったことですが、元夫に離縁をどのように突きつけられたか。そして、浮気相手のリヴィア様がどのような言動をするか。果ては、私がどのような顛末《てんまつ》を迎えるかも……。ちょっと『予知』ではない内容でした。不思議な夢で……。私はあの夢を見て、実は自身が時間を回帰しているのでは？　と疑いました」

「ええと。では、エレンさんは実際に時間を？　回帰したのですか？」

「……その実感はないのです。一度、はっきりした夢を見て、臨場感もあったのですが、やっぱり夢は夢で。限りなく現実に近い夢のような感覚でした。けれど人生をやり直したような徒労感は私にはありません。だから回帰のように感じますが、やはり予知夢かと」

「それは……幸いでしたね」

まったくね。だって二度目の人生だとすると、私の中身が随分とお年寄りになってしまうもの。

一通り、私のこれまでについて話し終えたと思う。

そう思うと、なんだか肩の荷が下りた気がする。

長い話が終わって、リシャール様は語られたことを咀嚼《そしゃく》するように、考えた。

私は、彼が話を受け入れてくれるのを静かに待つ。荒唐無稽なことも多く含んだ話だ。

『何をばかなことを』と言われてしまっても、おかしくはないだろう。

それを分かっていても、私は彼に話したかったのだ。そして受け入れて欲しい、と思っている。

私の願望が大いにあることだ。私は緊張しながらリシャール様の反応を待った。

長く、時間が経ったと思う。それだけ真剣に、彼は私の話について考えてくれていた。

「……エレンさん」

「はい、リシャール様」

「今までずっと、よく頑張りましたね」

「え？」

「不可思議な夢を見て、それが予知だと感じて。手探りで、不安ながらも、貴方は頑張ってきた。

きっと誰に相談することも出来ず、抱え込んでこられたのでしょう？　一番頼りにしたかったはずの夫を頼ることも出来ず。それどころか不貞を疑って。それも、予知夢が根拠であれば、疑うことさえ罪悪感を抱いていたのではないですか。根拠なんてないようなものなのに、と」

「……！」

そうだ。初めの頃は自身が嫌になった。予知夢なんて何の根拠にもなりはしないというのに。命懸けで戦う夫に何もさせなかった妻である私。なんて酷いのだろう、と。苦しかった。ハリード様の不貞を聞いた時は、ほっとしたぐらいだ。もう自分を責めなくていいと。それも妙な話なので、やっぱり、その後も私は悩む日々だったけれど。

「やっぱり。エレンさんはそのように考えましたよね」

「……はい。だって予知夢なんて、根拠に、不貞の証拠にはなりませんから。だったら、裏切っているのは一体どちらだろうって」

「だけど、エレンさんの夢は確かに未来を示しているようだった」

私はこくりと頷く。

「中々他人には言えない、貴方だけの苦悩であったと思います。エレンさん、だからこそ。今まで貴方が悩み、頑張ってきたことを労《ねぎら》いたい。貴方は……よくやりました、と」

「リシャール様……」

思ってもみなかった言葉だった。私が色々なことを話したのは、こんな風に言って欲しかったからではない。だけど。とても、嬉しい。なんだか目に涙が溜まる。嬉しくて泣いてしまいそう。

「そして、ありがとうございます。言いにくかったであろうことを、俺に話してくれて」

「そんな。感謝されるようなことでは……」

「俺は嬉しいですよ。エレンさんの苦悩を打ち明けてもらえて。ですから、ありがとう」

「リシャール様ったら……」

ええと。打ち明けて、すっきり！　が、話をした目的ではないのだけれど。

でも、彼にこうして受け入れてもらえて、嬉しく感じるのは確かだ。なんだか顔が熱い。

コホンと咳払いして、心を落ち着かせて仕切り直した。私はこれからのことを彼に話す。

「そういった事情で当初、私が教会に逃げ込んだ時の『脅威』は、なくなったかもしれません」

「公爵と、離縁された子爵の『追手』が貴方を追ってくる可能性ですね」

「ええ、そうです」

人は、幸せな時には自分が捨てたものに執着しない。だけど、今が満たされない時、かつて自分にあったものに執着する。少なくとも、ハリード様はそのタイプなのだろうな、と。

リヴィア様は、なんだか今が幸せなのかもよく分かっていらっしゃらない？

謎の執着心を持っているみたい。それは性格が捻《ね》じれているからなのか。自尊心、プライドなのかもしれない。そもそもハリード様を『奪った』ことは、能天気で幸せな頭で考えたことではなく。

もっと悪意的で、明確に『妻がいるから狙った』といった考えなのかも。

彼女にとって『離縁された、不幸な元妻』の存在は欠かせない存在だったのかもしれない。

だから、オルブライト夫人を私に見立てて、半年も慰み者にしていた？　どうなのだろう。

「このまま彼らと関わらずに暮らしていけるなら、それに越したことはありません。ですが、辺境伯閣下の藩士では、どうやらそれが難しいかもしれない、と。私がどうしても目立ってしまうみたいで。このまま行けば、いずれ彼らに私の存在がバレて見つかるだろうと」

「……ああ、それは確かにそうですね。エレンさんの魔法と、噂を考えると」

黄金の光、強力な治療魔法、そして強化魔法。

三拍子揃って、完全に『聖女』然とした能力になってしまったので、とても目立つ。

「目立たずに暮らすということは、即ち私の能力を使わないようにするということです。ですが私はそれが嫌だし、無理だろうなと考えています。基本は治療魔法ですから。使わないということは誰かを『助けない』ということになります。そんなこと私には出来ません」

私の言葉に、リシャール様は静かに頷く。起きるだろう状況を考えると『きっと、そうだろうな』と思われたのだろう。

「なるほど。では、変装などされるのは？　髪の毛の色を誤魔化すなど」

「それだけでは『女神』の正体が、エレクトラであることを誤魔化せるだけです。リヴィア様は『聖女』なので、いずれは『女神』と会いたがるか、周りが会わせようとするのではないか？　と考えています。閣下も同じ考えかと」

私が活動するほど、どうしても私たちは『比較』されるだろう。そして、その噂をいつかは彼女も耳にする。……なんと言えばいいのか。どうあがいても、最終的に彼女には何らかの言い掛かりをつけられそうな気がするのよ。そう。言い掛かり。

私が彼女に何もしていなくても、彼女から攻撃を仕掛けられそうな予感。

「エレンさんとしては、これから、どうされたいと？」

「私は今の活動を続けたいと思っています。貴族夫人に返り咲くより、その方が性に合っていると」

「そうなると貴方はきっと有名になり、いずれ彼らに目を付けられる……」

「はい。私はこの道で自分の幸せを得られるかもしれません、が。忘れた頃に彼らが現れそうだな、と。……被害妄想でしょうか、これって」

考え過ぎ、自意識過剰と言われると、そうかもってなるのよね。

だって離縁した夫が未だに私に執着しているとか。不貞相手の女性が今も私を意識しているとか。

なんだか、不貞された側の私の願望のようにも思えるじゃない？

予知夢の内容のような懸念があるから、そして実際の彼らを見た辺境伯の評価を聞いたから。

私の懸念も、それなりに妥当かな？　となるけれど。

「いえ、どうですかね。確かに彼らが動いた証拠があるワケではありません、が。俺には、妥当な推測のように感じてしまいます。というか『ありそうだな』という感覚でしょうか。……俺が不貞をしたワケではありませんが、新しい相手と結婚生活が上手くいかず、元妻である女性が輝いて、より価値のある魅力的な女性となって姿を現したら。『彼女は今も自分に心があるのではないか』と考えるのが男性のような気がします」

「あはは……。リシャール様でも、そう思われるのですか？」

「一般論としては、ですけどね」

あんまりリシャール様が不貞だなんだをするイメージはない。私の願望がそう見せるのかしら。

いいえ、彼のそういった言動を見たことなどないので、これは実績と信頼か。

「どこまでいっても『たられば』の推測でしかありません。何の証拠もなく、被害妄想や、考え過ぎの類。でも、どうしても『現実的な推測』としか考えられなくて。証拠などないから、彼らに今から『攻撃』を仕掛けるのも変な話でしょう？　確かに弱っているかもしれませんけど」

リシャール様は、無言で頷いて話の続きを促す。

「公爵夫妻も、本当にこれ以上私に関わってこないのか、何の確証もありません。モヤモヤとした不安が残り続ける人生です」

「……そうかもしれませんね」

「ですから。私、こちらから動こうと思います」

「こちらから？」

今度は、私が彼に向かって頷いた。

「それにはリシャール様の協力も必要です」

「俺の協力ですか？　一体どのような？」

「具体的に言うと私は、これから……『女神』になります」

彼は驚いて目を見開く。

「戦場のミューズ、けっこう。今までは勝手に噂されていただけでしたが……私はこれから積極的に『女神』として活動していこうと思います」

「ええと？　それは一体どういう？」

「つまり『人気取り』ですね。かつてのハリード様や、リヴィア様がそうされたように。『戦場の女神』を売り込んでいきます。有名になって、人々からも褒め称えられるように。私は『名声』を勝ち取りに行きます。そして」

そして。

「彼らの面子《めんつ》を、正面から叩き潰したいのです。大きな存在となって」

「……彼ら、とは」

「元夫のハリード様。聖女のリヴィア様。そしてファーマソン公爵家です。私が名を馳せた後、教会に提案したり、王家に奏上したりします。『聖女』との会談を。そして正面から文句を言ってやります。そのための根回しは……これから始めますけど。ひとまず、グランドラ辺境伯の協力は得られそうです」

高名な聖女、もとい、女神となって。彼女らに格の違いを見せつける。

「言ってしまえば、こちらから彼らを挑発しに行くのです。地盤固めをしてからですけど。陰湿でしょうか」

「陰湿ということはありませんよ。結局、エレンさんがなすべきことをなしながら、より人気者になろうとするだけ。そして彼らを見返したい、ということですよね。具体的に何か嫌がらせをするのではなく」

私は頷いた。

「はい。『過去のことに怒りを覚えている。これ以上こちらに手を出したら、ただでは済まさないぞ』と。彼らに突きつけられる存在になろうと思います。本当は、それをするなら手っ取り早いこともあるのですが……」

「……戦場の女神と大きく評価されたなら。きっと高位貴族から縁談があるかもしれませんね。元々は子爵家の出なのです。申し分ないとも言えるでしょう」

そうだ。聖女を越える者と名声を得れば、そういう方向もあり得る。でも私、それは……。

「……そういえば」

「はい」

「確か、王太子殿下の婚約が隣国の事情で流れたとか……」

「え、そんなことが？」

「噂ですし、グランドラ領に流れ着くような話ですからね。どこまで信憑性があるのか」

「まぁ、それは……」

王太子殿下の婚約者は私の知る限り、隣国の王女様だったはずだ。

その話が流れた？　となると、王都は今騒がしいでしょうね。

「貴方の名声が上がれば、王族から声が掛かる可能性もありますね」

「それは流石に、ちょっと考えていませんでしたけれど」

「ですが、公爵家に物申せるほどになりたいのですよね？」

「……はい。いえ、ですが、そうではなく！」

私はそういった『手』で権力を握りたいのではない。

「その、ですからリシャール様に『協力』して欲しい、と」

「そこで、俺の協力……ですか？」

「はい。リシャール様は『聖騎士』とまで呼ばれています。そしてハリード様は『英雄』と呼ばれていました。その実力があったのか、今では定かではありませんが。とにかく、そういう人です」

私が『女神』で、リヴィア様が『聖女』であるように。

ハリード様の『英雄』に、リシャール様の『聖騎士』をぶつけたい。

つまり、名声勝負というわけだ。彼らの誇り、驕《おご》りの理由をひっくり返してやりたい、と。

それにはどうしても私だけでは難しい。だから。

「同じ方向性といいますか。『女神』の隣に『聖騎士』が居て、そうしたらいずれは相対するとか。ファーマソン公爵家への打撃を与えるのにもきっと価値があります。だって彼らは『聖騎士』リシャール様を罠に嵌《は》め、追い出したのです。私はそのことについても、ファーマソン家を糾弾したいと考えています。……つまり、ですね」

私は深呼吸をして、彼に本題を告げた。

「リシャール様。私と一緒に、その。彼らの鼻を明かしてくれませんか？」

「エレンさんと一緒に……」

「はい。だから、つまり、その。女神の『聖騎士』に。なってくださいませんか？」

私はリシャール様にそう伝えた。そう。彼には私の『共犯者』になって欲しいと——

「————」

リシャール様は驚いたようにして。そして私をじっと見つめてきた。

「えっと。リシャール様？」

どうして、そんなに真剣に私を見つめてくるのだろう？

「エレンさんは、どういう意味で……」

「え？」

「あ、待ってください。少しだけ。心の準備をする時間をください」

「え、はい……」

心の準備？　とは。一体、何のことだろう？

それからリシャール様は何事かを大いに悩まれた様子だ。私はただ彼の『準備』とやらが整うのを待つ。そんなに突飛な提案だっただろうか。

彼にもファーマソン家と関わる事情があるからこそ、いいアイデアだと思ったのだけど。

リシャール様ならきっと受け入れてくれる、と。そんな風に考えたのは私の願望からか。

彼にだって事情がある。それこそ、この地で平穏に暮らせればそれでいいだけなら、私は……。

「シスター・エレン。いえ、エレクトラ様」

「リシャール様？」

彼は立ち上がって、そして私の前に来て、膝を突く。

「俺は、二度とこの右腕を思うままに使えないと絶望に染まっていて、それを貴方に癒やされました。また思うように剣を振るえるようになって、今の俺があります」

これは真剣な話だと思い、私は居住まいを正した。

「だから俺は、あの時から貴方への忠誠を誓っていました。ですが……貴方と一緒に過ごす内に、俺の気持ちは変わっていきました。忠誠心がなくなったのではありません」

「え……」

あ、あれ？　これ、この先の言葉って。私は賢《さか》しらに彼の言葉の先に予感を覚えて。

「俺は、貴方に好意を抱くようになりました。……貴方のことが好きになったのです」

「……！　リ、リシャール……様」

私は目を見開いて、彼の目を見つめた。その眼差しには、何の偽りもない。

分かっていた。知っていた。気付いていた。そうであればいいなと思っていた。

「……エレンさん。貴方は英雄と聖女に対抗して、女神の聖騎士になって欲しいと言いました。お気付きですか？　彼らは今、夫婦になりました。そんな彼らに対抗するような関係になれ、と。貴方はそうおっしゃったのです」

「え……あ！」

待って。それって、ほとんど私からのプロポーズのようなもの……では？

だって、このシチュエーションで、どう他の意味に取るのだ。

「あの、その！　じ、実はそういう意味で言ったのではなく！　あ、でも、私は嫌というワケでは」

「……はい。分かっています。エレンさんに他意はなさそうだな、と」

私は彼らへの『報復』のため、リシャール様と共犯者になろうとした。

「あ、分かってくれていたのですか」

彼にも私と同じ『敵』との因縁があったから。そして彼となら、一緒に戦えると思ったから。

だ、だから、告白を促したかったワケではなくて……！

「ええ。ですが。エレンさんも、俺の気持ちには気付いていてくれましたよね？」

「それは……！　……、……はい」

リシャール様は、きっと私に好意を向けてくれているだろうな、と。そう感じていた。

私の願望がそう感じさせるのではないか、と戒めていたけれど。

お互いに、なんとなく好意を感じ合っていて。何度か、一緒に出掛けたりもして。

付き合っているような、そうでないような関係を築いてきた。

だから、どこかのタイミングで『どちらか』が踏み出せば……。

私たちの関係も進展するだろうな、と。そういう予感は前からあったのだ。

「エレクトラ様。俺は、貴方が好きだ」

「――！」

まっすぐで、純粋な告白。リシャール様らしい素直な気持ちの告げ方だった。

「貴方に捧げた剣の誓いは失くしてはいません。俺は、貴方をどんな不幸からも守りたい。ですが
……それだけでは、足りなくなってしまいました。俺は……貴方が欲しい。エレクトラ様」

「リシャール様……」

自分の頬に熱が篭《こも》るのが分かる。リシャール様からの愛の告白だ。それも熱烈な。

こんな。こんなことって。想定外だった。私は動揺を隠せずにいる。でも。

でも、だ。私は彼からの告白が……嬉しい。そう感じている。だって、私も、好きだから。

「……私も、貴方に惹かれていました。リシャール様」

「……！」

互いに気付いていた、互いの好意。でも口にすると、こんなにも恥ずかしい。そして、嬉しい。

だって私たちは想い合っているのだ。こんなに嬉しいことなどない。

「エレンさん……！」

「わっ」

彼に力強く手を握られる。互いに好意があったと気付いていたといっても、身体を触れ合わせることはなかった。だから、手を握られるのだけでも、胸が高鳴ってしまうことに気付く。

「俺も貴方に惹かれていました……！」

「……はい」

「俺たちは、両想いなのですね」

「……そうみたい、ですね？」

どうしよう。私、今、とても幸せだ。ただ告白し合っただけなのに。

想いを通じ合わせただけなのに。かつての夫との婚姻では、こんな気持ちにはならなかった。

政略だったこともあるけれど。恋愛をしてから、結ばれるのが、これほどとは。

「エレクトラ・ヴェント。貴方にお願いがあります」

「え、お、お願い……ですか？」

「はい。これは……今言うべきか分からないのですが。俺の気持ちです」

「リシャール様の気持ち……」

彼の瞳はどこまでも情熱的で、私への好意が伝わってきた。

鏡を見れば、きっと私の瞳もこんな風なのだろう。少なくとも私はそう思う。

「どうか、私と結婚を前提にしたお付き合いをしていただきたい。今すぐは難しくても。俺は貴方と結婚したいです」

「――――！」

まさかの！　愛の告白に留《とど》まらず、求婚⁉　う、嬉しいけど。嬉しいのだけれど！

「わ、私で……いいのでしょうか？　その、私、バツイチですし……」

「何の関係もありません。今の貴方は自由の身です。だから問題なんてないでしょう？」

「ええと、法的なことや世間的な問題ではなく、気持ち的に……」

「ならば余計に何の問題もありません。俺は、貴方が、好きだから」

「――――」

　リシャール様はどこまでも本気だった。そして情熱的だった。

　離婚歴があることで、引け目があることは事実だけれど。きっと彼は本当に気にしないだろうな。

　なら、私がこの申し出を断る理由など何もない。だから。

「はい……！　喜んでお受けします、リシャール様……！　どうか、これからもよろしくお願いします……！」

「エレンさん……！」

　互いに笑顔を浮かべ、そして自然と抱き合った。今までも互いの好意は感じていたけれど。

　今日、二人の間でそれが確かなものになったのだ。

　満たされ、幸福を感じる繋がり。かつては感じたことのなかった幸せだった。

　私は生涯の伴侶を得て。正式にリシャール様と婚約関係になったの。


　そうして、『女神』として積極的に活動し始める私。

　実務的な面で言えば、今までとそうは変わらない。ただ、自分から積極的に名声が上がるように心掛けていったの。そのため、辺境の騎士団に協力することも増えた。

そして、私用の『装備』なんてものまで用意されて……見た目から、それっぽく仕上げてもらった。白地に黄金の刺繍、そしてちょっとした装飾品。ただの聖女のドレスではなく、戦女神風で胸鎧《よろい》もある。更に装飾の付いた細身の槍に、旗が付いたものを手に持つ。

かつて村の防衛線でしたように如何にも目立ち、注目される仕様だ。魔獣や敵に注目されても、彼が私を守ってくれる。トレードマークのような『銀色の小手』を付けて。

リシャール様は武器を選ばない。相手の武器を奪って使うこともあるし、なんでも使いこなせるタイプだ。ただ、基本的には身軽な方が良いのだと思う。

剣を二刀流にして持ち、盾は使わないため、丈夫な小手を装備しているのだ。

……残念ながら私の強化魔法は、物を対象には出来なかった。

なので、装備的な加護や祝福は与えられないのだけれど。私が戦場に立つ限り、彼や騎士たちの能力を引き上げることが出来る。もちろん、能力変化が他人の意思でとなると齟齬が生まれるため、頻繁には使わない。それらのタイミングは、騎士団と演習を繰り返すことで培っていく。

グランドラの森の魔獣相手だけでなく、近隣まで遠征を組んでもらい、人々の助けとなる。

遠征式の治安維持部隊ね。名声に利用させてもらうつもりだ。ただ、一過性の救済だけでは、その後が困るだろう。その点は、かつて領地運営を担った者として辺境伯を始め、近隣領主と話し合った。辺境伯の後ろ盾あってこそだけれど、名声が上がるにつれ、そうした場で私の意見が通るようになる。ただ、各領地でそれぞれの領主相手にする意見は、彼らの領分を侵さず、一線を越えないように気を付けてはいるけれど。

私の目的は理想を叶えることではなく、名声を得ることだから。

ただ『民のために！』と声高に叫んで領主たちを威圧することはしない。

だって私、運営側の立場も分かるもの。身動き出来るお金がない、物資がないのに、あれをしろ、これをしろ、市民のためだろう！　なんて言えないわ。要するにバランスが大事なのだ。

そういった配慮のお陰か、近隣領主と諍いを起こすことなく、着実に名声を積み上げていった。

……そうして。

私は『戦場の女神』として名声を得て、ある機会を得ることになる。

王都で、ある公爵夫人と会うことになったのだ。ファーマソン公爵夫人ではない。

ファーマソン家とは別の公爵家。若き公爵の、若き妻。たぶん、私とそう年齢も変わらない女性。

リュースウェル公爵夫人、カタリナ様と。

エピローグ～彼女たちの『これから』～

リヴィアと結婚式を終えたハリード。式は無事に終わった、とは言い難い。

公爵夫妻が何やら不穏な雰囲気を撒き散らしていた。何の関係もないのに突然やってきて、人の結婚式にケチをつけるなんて。ハリードはそう思った。

そして、偽エレクトラだった女だ。本名はメイリン・オルブライトと言うらしい。人妻で、しかも商会長夫人だったという。

あろうことか、披露宴で偽者であると暴露し、リヴィアがそれに怒って収拾がつかなくなった。愛し合う者同士であるはずの自分たちなのに、最悪な雰囲気のままで披露宴を終えたのだ。

「……リヴィア。どうして君は、そこまでエレクトラに拘るんだ」

帰りの馬車はリヴィアと同じだった。

王都まで共に来ていた使用人たちは、別の馬車で移動している。

「拘る？」

リヴィアは首を傾げる。

「拘っているじゃないか。彼女とはもう離縁したというのに、いつまでも。気にしないでいいと言っても、ずっとエレクトラのことを気に掛けて。一体何なんだ？　会ったこともないはずだろう」

「……だからって！　偽者を用意してまで私を騙すなんて酷いわ！　ハリードは本物のエレクトラ

様を匿っているんじゃないの⁉」

「匿うって。一体何から匿うんだ？　エレクトラは誰にも狙われていないだろう」

「……まだ彼女に未練があるんじゃあないの？」

「何を言っているんだ。もうエレクトラとは離縁して一年が経つ。それ以前に、彼女とは結婚してから一日しか一緒に過ごしていない。白い結婚で男女の仲ですらなかったんだ。だから……」

だから未練なんて、ない。そう言い切るはずが、何かが引っ掛かり、ハリードはそれ以上を口に出来なかった。誤魔化すようにリヴィアに言い募る。

「リヴィア。俺たちは正式に夫婦になった。結婚したんだよ。今はそれを喜び合おうじゃないか。俺たちの結婚をあれだけ大勢の人が祝福してくれた。俺たちがやってきたことが認められたんだ。英雄や聖女と呼ばれたのは、俺たちが頑張ってきたからこそだろう？」

「……ハリード」

カールソン領へ帰るまでの間、そうしてハリードはリヴィアの機嫌を取り続けた。

自領で式を挙げなかったため、帰るために日数を使うことになり、二人は初夜をまだ迎えていない。何の用事もなく、ただまっすぐ領地へ帰るだけならば馬車で四日程度の道のりだ。

その途中、別の領地で宿を取って……。ようやくカールソン領に戻ってくることが出来た。

後悔があるとすれば、無理をして王都で式など挙げずに、自身の領地で式を行えば良かったな、ということ。思えば、エレクトラとの結婚でも白い結婚を提案され、初夜を迎えられなかった。

あれから総じて三年。いつも『妻』と結ばれる前に邪魔の入ったハリードだが……。

ようやく落ち着いて結ばれることが出来るだろう。そう思った。……だが。

「今、帰ったぞ」

侍従長サイードたちが別の馬車で付いてきていたはずだが、ハリードたちの方が早く屋敷に着いたようだ。

屋敷に帰り、かつてのように使用人たち総出で新婚の自分たちを歓迎してくれる、と期待した。

「……なぜ、誰も出迎えに来ないんだ」

「本当よ、どうなっているの？」

一年前のように戦場から帰還した自分たちを高位貴族のようにもてなし、歓迎するはずの使用人たちが出てこない。妙だな、と感じながらも二人は屋敷に入る。

「……なんだ？」

「どうしたの、ハリード」

「いや、人の気配が……」

どことなく寂れたような雰囲気を感じる。人の営みが遠ざかっていた屋敷のように。

「……おい、誰か！　迎えに来ないか！」

そう、声を上げるハリード。リヴィアはつまらなそうに爪の先を弄《いじ》っていた。

しばらくして屋敷の奥から使用人の男が出てくる。

「ああ、お帰りなさいませ、旦那様。そして奥様」

「一体何をしているんだ⁉　主人の歓迎もせずに……！」

現れた使用人は比較的若い男性だ。彼は困ったように声を上げる。

「旦那様、まずは状況の説明をさせていただきます。侍従長や侍女長は帰っていますか？」

「状況の説明だと？　どういうことだ。サイードたちはまだ帰ってきていない」

「分かりました。ええと、奥様は先にお休みになられます？　戻られたばかりでお疲れかと」

「……ええ、そうするわ。部屋に戻って休ませてもらうわね。すぐに侍女を呼んでね」

「承知しました」

ハリードはリヴィアを見送り、使用人に説明を求めるように睨み付ける。

「旦那様、今いない者たちの……退職届が執務室の机にあります」

「………は？」

ハリードは、その言葉の意味がすぐに理解出来なかった。

「屋敷に居た使用人たちの半数以上は既にここを辞め、出ていった後です」

「な……何、何を……言っている？」

なぜ、そんなことになるのか。結婚してこれからという時に。一体、なぜ。

「見ていただくのが早いかと。それから、そのぅ。あのエレクトラ様も、出ていかれまして。もういらっしゃいません」

「それは……知っている」

偽エレクトラことメイリンは既に王都で別れたきりだ。

彼女がカールソン家を出ていくのは理解していた。どの道、エレクトラでないことがリヴィアにバレてしまった以上、屋敷に留める理由などなかった。

「だがなぜ、使用人たちが。本当に？」

「はい。どうも、そのー。あのエレクトラ様？　が動いていたようで。彼女の商会で雇われたと、去っていく者たちから聞きました。退職届にも、その内容が書かれているのでは？」

「……！」

ハリードは急いで執務室へ向かい、そして机の上を見る。使用人が言ったように、退職届が何通も積み重なっていた。その光景は一年前のことを彼に思い起こさせる。

自分が用意した離縁状とは別の離縁状が机の上に置かれており、まるで自分がエレクトラに捨てられたような屈辱を味わわされた、あの日。

「……本当に！　勝手に辞めていったのか！」

この一年は、使用人たちの仕事に大きな不満などなかった。自分が戦場に向かう前より、ずっと洗練されていて。リヴィアの我儘は……あのオルブライト夫人が適当に受け流して。

上手く回っていたのだ。何の滞りもなく。

「オルブライト商会に雇われた、だと！　あの女、こんな使用人を盗むような真似を！」

使用人たちは引き抜かれたのだ、オルブライト商会に。こんな屈辱的な仕打ち、許せるものではない。抗議をするべきだと考え、そして使用人たちを取り返すことを算段していると。

そこに遅れて帰ってきた侍従長や侍女長が現れた。

「旦那様、戻られていましたか。それに事情は先程、我々も聞きました」

「抗議する！　あの女の商会に！　サイード、お前があの女を連れてきたんだろう⁉　分かっていたのか⁉」

「……いえ。それは違いますが、そうですね。旦那様、我々から話せることもありますが、その前にこちらを」

「なんだ⁉」

侍従長が差し出したのは一通の手紙だった。

「手紙だと、誰から」

「封蝋《ふうろう》は、おそらくファーマソン公爵家のものとお見受けします」

「公爵家だと……また、あの家か！　一体何なんだ！」

奪い取るようにハリードは手紙を受け取る。

そして封を確認し、確かに見覚えのある家紋だと確認してから、開いて手紙を読んだ。

「………」

侍従長と侍女長が見守る中、ハリードは手紙を読む。

だんだんと青い顔になっていく主を、彼らは黙って待ち続けた。

「……リヴィア、は」

「旦那様？」

ハリードは放心したように机に手を突き、身体を支えた。

「一体、どのよう内容で？」

「………、……」

言葉に詰まったように黙り込むハリード。見かねて侍従長は続けた。

「よろしければ、私が拝見しても？」

「………ああ」

侍従長はハリードから手紙を受け取り、そして目を通した。そこに書かれていた内容は。

手紙の差出人はファーマソン公爵夫人だった。そこにはリヴィアが何者なのかが書かれている。

平民女性ファティマを母に持つ子供。そして父親はファーマソン公爵その人。

だが、公爵位を継ぐ資格はなく、また公爵家が引き取ることも決してしない。

公爵は入り婿であり、元々は侯爵家の出身だが……。

侯爵家と家督を争いたいなら止めはしないし、支援もしない。

ただし、ファーマソン家と争うつもりであれば一切の容赦はしない。

今まで公爵がリヴィアを陰ながら援助していた。結婚式の費用も当初は、公爵が出す予定で話を持ち掛けていたはずだが……。その支払いは公爵家からはしないし、させるつもりもない。

つまり、今後の支払いはカールソン子爵家の力でしなければならない。

……ハリードには借金が出来ている。そして、何よりも重要なこと。それは。

「リヴィア様と離縁することは決して許さない……ですか。結婚したばかりですから、これは別に問題では……」

「彼女は公爵家に目を付けられている！　憎まれているじゃないか！」

公爵夫人ノーラリアはこう言っているのだ。『リヴィアと共に、苦しめ』と。

公爵ジャックの愛人の子供であるリヴィアに長く苦しい日々を過ごさせる。

落ちぶれ、追い込まれていく『愛人の娘』の姿を見せ、そして彼女に救いの手も出せない状況を……。不貞をした公爵に味わわせ、長く苦しめていくつもりだ、と。

リヴィアを疫病神だと放り出すことは許さない。

それをするならば、公爵家が我がカールソン家の敵に回る。

だから今、与えられた状況を受け入れ、リヴィアと共に生きていけ、と。

「借金……なぜ、あ、あの結婚式を提案してきたのは」

英雄であるハリードと聖女リヴィアの結婚式だ。それは華々しく王都で開かれるべきだろう、と。

そう持ちかけてきた商人が居た。色々と都合のいいことを言っていた、と今では……。

「借金、費用は……どれぐらい請求が……」

それからハリードは事態の把握に駆り立てられた。日付を跨《また》いだ結婚初夜などと言っている場合ではない。リヴィアからも誘いはなく、当たり前のように結ばれることはなかった。

むしろ、使用人が少なくなって日々の不満を訴えることが目立って。

使用人が居なくなったから当然なのだが、それでもいつも以上に我儘を言っているように感じた。

その理由は……、偽エレクトラが居なくなったから。

彼女の我儘を聞き流し、自尊心を満たすための妄言を躱していた、あの女。防波堤のような存在が居なくなったことで、リヴィアの満たされない欲求がより明らかになったのだ。

「これは……、どうなんだ。返せる額、なのか?」

どれだけ法外な借金を背負わされたのだろう、と。改めて確かめるのだが……。

「返せなくは……ないですね。日々の支払い猶予と金額、破産するほどではない。……ですが」

「なんだ……?」

「……向こう十年は、質素な生活を余儀なくされるでしょう。オルブライト夫人がこちらの経済状況まで掴んでいたのかと」

「ハ……。はははは」

雁字搦《がんじがら》めだ。既にカールソン家は丸裸だった。すべてを把握されていて、すべてを決められている。これから、どのように苦しめばいいのか。これから、どのように生きていけばいいのか。ずっと未来まで、公爵夫人によって『予定』を立てられていた。

ただ、すぐに滅びるワケではない。すぐに離縁し、解放されるワケではない。

リヴィアという女性をカールソン家に縛り付け、そして貧しい結婚生活を送らせる。そう出来なければカールソン家は終わりだ。いくら英雄と呼ばれていようと、聖女と呼ばれていようと。実態はただの子爵に過ぎない。公爵家を相手になど戦えるはずもない。

それは既に証明されている。少なくとも十年。ハリードとリヴィアは、そんな生活を続けろ、と。引き抜かれた使用人たちの数、そして残った使用人の数も、如何にも今後の『予算』に合わせたもののようだ。

「こんな、こんなことが……」

リヴィアを求めたから。彼女に惹きつけられ、そして結ばれたいと願ってしまったから。

公爵夫人からの脅迫めいた手紙の最後には、皮肉を込められて、こう書かれていた。

『真実の愛なら。愛しているなら。どんな試練でも乗り越えられるでしょう?』と。

「ああ……」

それは、どこかでハリードが思ったこと。いつだったか。試練、愛の試練。真実の愛。

そうだ、ハリードがそう思ったのは。

「……エレクトラ」

リヴィアを連れて領地に帰り、そして胸に離縁状を用意して。これが愛の試練であると。

きっとエレクトラには泣き縋られるだろうが、それでもリヴィアを愛しているのだから。自分たちは、この辛い試練を乗り越えられるはずだ、と。そうした結果が、今ここに。

「どうして、こんなことに……」

ハリードは頭を抱えながら、吐き出すようにそう呟いた。自分がどこで選択を誤ったのか。どうしていれば幸福だったのか。そんなことはもう考えたくもない、と。

ハリードは立ち上がる気力も失って、執務室の椅子に座り込むしかなかった。


私とリシャール様は正式に婚約することになった。

そのため、ヴェント家に手紙を送る。成人した上、既に親が当主を退き、お兄様に子爵を譲った状態だ。婚約や結婚に許可を得ずとも出来なくはない。

どの貴族家でもそうだけど、爵位を継げない子供というのは当然出てくる。

男性であれば騎士を目指して騎士爵を賜ったり、文官を目指したりして、自分の力で身を立てるのが一般的。女性であれば、政略結婚がまず選択肢に入るだろう。

今の私は、そういう爵位を継げない貴族の子の一人といったところ。また普通なら離縁したので立場はとても悪い。どこかの後妻に入るか。いい条件での結婚は一気に厳しくなるものだ。

修道院に入ることもよくあることだろう。

私の場合、教会所属にはなったので似たようなことをしていると言えば、そうだけどね。

なので、ベルトマスお兄様への連絡は一応の礼儀程度の話だ。

仮に断られたとしても、私はヴェント家の家名を捨てて、リシャール様に嫁ぐだろう。

最初からそうせずに手紙を送るのは、ベルトマスお兄様が許してくださると思っているからだ。

実際、そういう融通が利く人でなければ、私の『逃亡』になんて手を貸してくださらなかったはず。そうして手紙を送り、返事を待って。

「本当ですか？　では……」

「リシャール様、ベルトマスお兄様が許してくれましたよ」

「はい、ヴェント家の方は問題ありません。リシャール様の、クラウディウス家は……？」

「こちらも問題ありません。元より継ぐ爵位はない騎士の家系です。両親ともに喜んでくれているようです」

「良かった！　あ、その。いずれ近い内にベルトマスお兄様と会って欲しいと……」

「もちろんです。挨拶に行きましょう。俺の両親も、エレンさんに会いたいと言っています」

「ふふ、私も喜んで。いつか互いの両親に顔見せしましょうね」

私たちは手を取り合い、微笑み合った。


グランドラ領と、その近隣で積極的に『女神』活動をし始めて、数ヶ月が経った。

ハリード様に離縁状を残し、カールソン家を出てからおよそ一年半ほどだろうか。

すっかり『戦場の女神』と『聖騎士』の呼び名が馴染《なじ》んできてしまったわ。

そうして活動を続けながら、両家の家族に連絡を取り、私たちの婚約を正式に結んだ。

交際し始めてからも幸せな日々だったけれど、家族に改めて認められるのも嬉しいことよ。

私たちは近い内にグランドラ辺境伯領を発つ予定だった。しかし、私たちの所属がこの地であるのは変わりない。辺境伯閣下の推薦を受け、王都でリュースウェル公爵夫人と会うことになる。

いつか、因縁のある彼らに……一泡吹かせてあげる？　ことが目的。ふふ。

でも、それは一番の理由ではもうないわよね。私はリシャール様と共にこれからも生きていきたい。今までの活動や、王都へ行くのも、そのために必要なことだと思っているの。

「……こほん。エレンさん。いや、エレクトラ・ヴェント様」

「リシャール様？　どうされたのですか、改まって」

「実は、貴方に渡したいものがあるのです」

渡したいもの？　私が首を傾げていると、リシャール様は私の前で片膝を突いた。

場所は教会、礼拝堂。それこそ女神像の前だ。私たちが互いの気持ちを確かめ合った場所。

そこで、彼は……。

「――エレクトラ・ヴェント様。改めて申し上げます。私と……婚約してください」

「あ……」

そうしてリシャール様が差し出したのは、……指輪。『水色の』宝石が嵌まっている。

「これ、は」

「アクアマリンです。幸福や、聡明さを石言葉に持つそうで。勇敢という意味もあるのだとか。俺は貴方の聡明さや勇敢さを好んでいます。だから。この石を付けた指輪を贈りたいと思いました。……一番は、この宝石の『色』が好きだったから、ですけどね」

水色の宝石、アクアマリン。私の髪と、瞳の色をした……婚約指輪。

「アクアマリンの、婚約指輪……」

「はい。エレクトラ様、受け取ってくれますか……？」

私は口元に手を当てて、指輪と彼の目を交互に見る。驚きと、喜びが私の中に渦巻く。

答えは決まっている。だって私たちは正式に婚約者になるのだ。

「はい、喜んで――！」

私は、リシャール様に手を取られ、左手の薬指に婚約指輪を嵌められた。

ここから、今日からまた始まるのだ。私たちの新しい人生が。今までとは違う困難もあるだろう。まだ解決だってしていない問題もある。

それでも。私はリシャール様と一緒なら、どんなことでも乗り越えていけると思った。彼と一緒なら、きっと……。


こうして予知夢から始まった私の人生の分岐は、一つの結末を迎えた。

もちろん結末と言っても終わりではない。私たちの人生は、これからも続いていく。

ただ、信頼出来る伴侶を得て、きっと幸せになれると、そう心から信じられるようになった。

「エレンさん。いつか……」

「はい、リシャール様」

「いつか、結婚式を挙げましょう。盛大にするかは……今後、二人で相談していくとして」

結婚式。元夫、ハリード様とはついぞ挙げることのなかったもの。

「はい！　リシャール様。騎士様たちも呼んで、アンジェラやリューズ神父も呼んで、必ず！」

将来への希望を抱きながら、私と彼は一緒に、未来へと進んでいくのだ。

番外編『帰る家』

私たちがグランドラ辺境伯領に来てから、少し経った頃。

互いの好意をまだ伝え合っていなかった時期の話だ。

「エレンさん、一緒に街へ出掛けませんか？」

「リシャール様」

彼からの初めてのお出掛けのお誘いだった。初めての時はただ嬉しく思うぐらいで、あんまりドキドキはしなかったっけ。ただ、嫌とは思わず自然に受け入れていた。


グランドラ領は、復興へ向けて街の経済が活発になっている。

魔獣の大量発生が始まったのは、もう三年以上前。今では森方面に防壁が築かれて、魔獣たちの襲撃によって廃墟同然となっていた近隣の街も今では人が多く集まり、活気を見せていた。

「元の街を知っていたワケではないですけど。復興まで大変だったのでしょうね」

「そうですね、エレンさん」

私たちは、活動拠点となる教会や騎士団の宿舎から一番近い街へと出掛けていた。

「こうして復興の進んだ表の街は新市街。一旦、そのままにされている地域を『旧市街』と呼んでいるそうですよ」

「旧市街ですか」

当然、すべてを完全に元通りにするには、まだ時間が掛かるのだろう。

復興が後回しにされている地域なら、重要施設類からは離れた場所か。

……私は、教会に併設されている養護施設で、親を亡くした子供たちの世話もしている。

まだ幼い子供たちだ。そんな彼らの『家』も、そういう場所にあったのかもしれない。

「リシャール様。今日は休日ですし、復興した街も見たいとは思うのですけど……」

「旧市街へ行ってみますか？」

「はい、一度、自分の目で見ておきたいです」

「分かりました。復興がまだなだけであって、旧市街の治安が悪いとは聞いていませんから。特に大きな問題はないと思いますよ」

そうなのね。でも、いつまでも復興に手がつかなかったら、いずれは良くないことになる。

子供たちは養護施設で保護し、育てるのがいいと思うけど。いつか、帰る家も出来れば……。

そんな風に考えるのは傲慢かしら。

結婚したことがあるのに、自分の子供を産むことより、世話をしている子供たちの方が気になるなんて変な話かもね。

そうして、私たちは復興した新市街の賑《にぎ》わいを見物しつつ、旧市街へ向かったの。

「いつか、帰る家が欲しいなぁ、と思って」

私はリシャール様にそう話し掛ける。

「帰る家ですか」

「はい。子供たちにとっての帰る家。あった方がいいでしょう？　もちろん、養護施設や教会をそう思ってくれるならいいのだけれど。あの子たちは家で暮らしていた思い出があるだろうから」

「あ、子供たちの帰る家なのですね」

うん？　リシャール様の言葉に私は首を傾げる。

「他に何かありましたか？」

「……エレンさんの帰る家が欲しいのかな、と」

「私の帰る家、ですか？」

その発想はなかった私は、リシャール様を見返した。

「エレンさんも俺と同じで……。俺の家族は生きていますが、今はこうして離れて暮らしています。騎士爵を得て自立もしました。今は宿舎に寝泊まりしていて、自分の家があるとは言えませんよね。エレンさんも似たような生活を続けていますから、そういった『家』が欲しいのかな、と」

「私の家……」

そう言われて思い浮かべるのは、ヴェント家の屋敷と、カールソン家の屋敷だ。

カールソン家に戻ることは、もうない。ヴェント家には帰れるだろう。……でも。

ベルトマスお兄様が爵位を継いで、結婚していて。子供だって、その内に出来るだろう。

いくら実家とはいえ、いつまでも私が居ていい家とは思わない。

そう考えるとカールソン家を出た時点で遅かれ早かれ、教会に来るしかなかったわね。

「確かに今は『帰る場所』がありますが、自分の家とは言えませんね」

リシャール様は騎士団の宿舎。私は教会の施設。どちらも追い出されるようなことはないだろうが……。安定した自分の家とは違うのは確かだ。

「リシャール様は、自分の家が欲しいのですか？　新しい『クラウディウス家』が」

騎士爵はいわば一般兵士枠だ。雇われる相手によるけど相応の収入もあるだろう。

細《ささ》やかな家ぐらいなら、手に入れられなくはないはず。

それに彼の実力ならば、いつかは『上級騎士爵』を賜ることも夢ではないだろう。

そうなれば、家ぐらいは手に入れられそうだ。

「俺の場合は……そうですね。こうして拾っていただいた、辺境伯家にこのまま仕えるつもりでもありますが……」

リシャール様はそこで私に視線を向ける。ん？

「どうかされました？」

「エレンさんは、ずっとこの地にいるのかな、と」

「私は……そうですね。今のところは、どこに行く気もありませんが……」

何者かが私を追いかけてくる気配は、今のところはない。

いつか不穏な陰に怯える必要がなくなったら、私はどうしたいだろうか？

「うーん。今スグに思い浮かぶことって、あんまりないんですよね」

「エレンさんは欲がありませんからね」

ええ？　リシャール様にそんなことを言われるとは思わなかった。

私がいつまでここにいるのかは、リシャール様の進退に関わるのだろうか。

……きっと無関係ではなのだろうな、という予感はあった。

でも、そのことを指摘するのはまだ早くて。私たちはそこで会話を一旦止める。

旧市街ではやはり瓦礫《がれき》がまだ残っていたり、崩れたままの壁があったり、と。

復興作業が進んでいない様子だった。また、新しく作業が始まる様子もない。

「こちらは、このまま放置する方針なのでしょうか？」

「いつまでもかは分かりませんが。やはり、しばらくはこのままで他の地域の復興に力を尽くす方針のようですね」

それも必要な判断か。すべてを一度にするのが理想とはいえ、手も足りなければ、資金や物資も有限なのだ。辺境伯閣下の手腕が試されるところなのだろう。

街がそういう状態だから、そこに今も暮らす人々は、おそらく気落ちしているだろう、と。

そんな風にも考えたのだけど。

「はい、そこのお二人さん！　甘いお菓子は如何ですかー！」

客引きらしき人に声を掛けられたの。それにお菓子？　何だろう。

私とリシャール様は目を合わせてから、呼び込みの人に近付いていく。

「あ、なんだか、いい匂いがするわね」

「はい、この匂いは何でしょう？」

私たちは、旧市街の様子からすれば意外とも思える元気な女性に声を掛ける。

「これは、何を？」

「甘いお菓子こと『ポルボロ』です！　美味しいですよ！」

「……気付かなかったけど、こちらは屋台ですか？」

「ええ！　簡易的な作りですけどね。実は魔獣災害の前は、この近くでパン屋兼お菓子屋をしていたんですけど……。あの時に店がやられちゃいましてねぇ」

「まぁ、そうなんですか？　それは大変でしたね……」

それが今は、こうした小さな屋台になっているのか。本当に大変だっただろうな。

「ええ、でも、お陰様で新市街の方で新しい店を出すことが出来ましたから！」

「あら。新市街にお店があるの？　じゃあ、ここで売っているのは？」

「出張店舗ですね！　旧市街にも感謝と甘みのお裾分けです！　ああ、配っているのじゃないですから！　ちゃんとお金は受け取っています！　まぁ、子供料金もあったりしますけどね！」

なるほど、出張店舗。既に新市街に新しい店を出しているのか。

こんなところでも、この街が復興の兆しを見せていることを感じる。

「エレンさん、買いますか？」

「はい、いただきましょう。大人二人、おいくらですか？　お姉さん」

「まいどあり！」

ポルボロは一口サイズのお菓子だ。それが複数、折り畳まれた紙に包《くる》まれている。

パンみたいな生地に、白い粉糖がまぶしてあるお菓子ね。

「ありがとう」

「いえいえ！　お二人とも、お似合いですよ！　恋人同士、仲良く食べてくださいね！」

「え、あの……！」

店員さんに誤解されてしまった。いや、でも男女二人でこうして出歩くのは……。

一般的に見れば『デート』としか言えないのではないかしら？

「はい、ありがとうございます。いつか、新市街にある方のお店にも寄らせていただきますね」

「こちらこそ、ありがとうございます！」

リシャール様は、あっさりと彼女の誤解を受け流してしまった。

まぁ、その。強く否定しなくてはいけない相手ではないのだけど。

「エレンさん、食べながら歩きますか？　それとも、どこかで座ってゆっくりしてから？」

「ええと、そうですね。座れる場所があれば、そこで食べてから移動しましょうか」

「分かりました」

リシャール様は動じないわねぇ。私なんて、誤解されて恥ずかしいと感じたのに。

あれだけ実力のある人だもの。何事にも動じない、冷静な人なのかな？

とても真面目で、立派な方。そんな風に思っていた私は、リシャール様の『意外な一面』を見ることになった。


「……リシャール様、もしかして」

「はい、どうしました、エレンさん？」

「……甘い物、お好きなんですか？」

「え」

ポルボロを頬張るリシャール様は、とても幸せそうな様子に見えたの。

いつもの彼は優しく、凛々《りり》しくて、格好いい印象なのだけど。

甘いお菓子を食べている時の様子は、こう『幸せいっぱい』というか。

少年のような目の輝きをしていたわ。だから甘い物、好きなのかなって。

「……実は、そうです。恥ずかしいですが」

「恥ずかしがる必要なんてないですよ。ただの好みじゃないですか」

「いえ、そうなのですが。騎士はだいたい男らしい食事を好むと思われているかと……」

「男らしい料理というと肉料理とかですか？」

「はい。まぁ、偏見の一種なのですが、身体作りには肉料理ですからね。多くの騎士が肉を食べねばとは思っています」

身体作りには必要なのは、きっとそうでしょうね。でも、それはそれとして好みは別と。

「……ひょっとして、教会でお菓子を作っていけば、リシャール様は喜んでくれますか？」

「え？　それは……俺は嬉しいですけど」

「ふふ、そうなんですね。分かりました。覚えておきます」

「あ、差し入れであれば、やはり皆、ガッツリしたものを好むと思います。あくまで俺の好みですから」

「ええ、リシャール様相手だけ、ですね」

私の頭の中には、子供たちと一緒にお菓子作りをしてみるのも悪くないな、と浮かんでいた。

そうして一緒に作ったお菓子の一部を、彼にお裾分けにするの。うん、いいと思う。

リシャール様の少年のような表情を、また見られるかもしれないと思うと余計にやる気が出た。

教会に入るまでは、あまり料理に縁がなかった。

しかし、そこは我がヴェント家の家風。

文武両道ということで、ちょっとしたサバイバル技術も……。

つまり、簡易的な料理の手解《てほど》きも受けているのが私だ。改めて考えるとヴェント家はやっぱり変ね。

とにかく他のシスターたちに相談しながらなら、お菓子作りも出来るだろう。

何より子供たちが喜んでくれそうだわ。

「リシャール様。旧市街の人たちも、けっして気落ちしてはいないのですね」

「……そのようです。災害当時のことは聞いただけで、想像するしかありませんが。彼らはもう未来へ向けて活動していますね」

「私たちも、彼らの助けの一部になれるといいですね」

「はい、そう思います」

「ふふ、リシャール様。旧市街を見て回ったら……今度は、新市街をまた見てみましょう。甘い物が他にも売っているかもしれませんよ」

「……お付き合いします、エレンさん」

「ええ、一緒に来てください」

こんな風に過ごしたのが、私たちの初めての……『デート』だった。

うん、いい思い出だわ。

劇的なことが起こるのでもなく、ただ彼の知らない一面を知れた。

こういうことを積み重ねていければ、と。そんな風に思うの。

それからも何度かリシャール様とは一緒に出掛けるようになった。

そして、時間が過ぎて……互いの気持ちを伝え合って。

やっぱり、どこまでも私たちは、ゆっくりと静かに想い合っていくのが性に合うみたい。

戦いの中で芽生える激情ではなく。日常の中で育んでいく、確かな繋がり。

リシャール様と私は、小さな出来事を重ねていく。互いの知らない面を一つ一つ知っていって。

意外な姿だって見つけて。たとえ、暮らす場所が変わっても……この気持ちが同じであるといい。

そうしたら、いつかは……二人の『帰る家』を得て、一緒に暮らすのも悪くない。

新しいクラウディウス家だ。そうして、そこで子供たちと暮らして。

今度は、……自分の子供も。

私は小さな夢を胸に抱いて、リシャール様と一緒に人生を歩んでいくのだった。

アリアンローズ新シリーズ
大好評発売中!!

白い結婚を求め、離縁を求められる妻ですが、既に家にはおりません。 1

*本作は「小説家になろう」（https://syosetu.com/）に掲載されていた作品を、大幅に加筆修正したものとなります。
*この作品はフィクションです。実在の人物・団体・事件・地名・名称等とは一切関係ありません。

2025年5月12日　第一刷発行

著者 …… 川崎悠
©KAWASAKI YU/Frontier Works Inc.
イラスト …… 中條由良
発行者 …… 辻 政英
発行所 …… 株式会社フロンティアワークス
〒170-0013　東京都豊島区東池袋 3-22-17
東池袋セントラルプレイス 5F
営業　TEL 03-5957-1030　FAX 03-5957-1533
アリアンローズ公式サイト　https://arianrose.jp/
フォーマットデザイン …… ウエダデザイン室
装丁デザイン …… 鈴木 勉（BELL'S GRAPHICS）
印刷所 …… シナノ書籍印刷株式会社